A Morte de Ivan Ilitch

Liev Tolstói

Смерть Ивана Ильича (1886)
© 2024 by Book One
Todos os direitos reservados e protegidos pela Lei 9.610 de 19/02/1998. Nenhuma parte desta publicação, sem autorização prévia por escrito da editora, poderá ser reproduzida ou transmitida sejam quais forem os meios empregados: eletrônicos, mecânicos, fotográficos, gravação ou quaisquer outros.

Coordenadora editorial	Francine C. Silva
Tradução do russo	Darlei Pinheiro da Mota
Preparação	Rafael Bisoffi
Revisão	Isabella C. S. Santucci Silvia Yumi FK
Capa, projeto gráfico e diagramação	Renato Klisman • @rkeditorial
Impressão	COAN Gráfica

Dados Internacionais de Catalogação na Publicação (CIP)
Angélica Ilacqua CRB-8/7057

T598m Tolstoi, Leão, graf, 1828-1910
   A morte de Ivan Ilitch / Liev Tolstói ; tradução de Darlei Pinheiro da Mota. -- São Paulo : Excelsior, 2024.
   112 p.

ISBN 978-65-85849-68-5

Título original: *Смерть Ивана Ильича*

1. Ficção russa I. Título II. Darlei Pinheiro da Mota

24-4596   CDD 891.73

A Morte de Ivan Ilitch

Liev Tolstói

EXCELSIOR
BOOK ONE
São Paulo
2024

Capítulo 1

No grande edifício do tribunal, durante um intervalo no julgamento do caso Melvinsky, os membros da corte e o promotor se reuniram no gabinete de Ivan Egorovich Chebek. A conversa, naturalmente, foi se desviando para o notório caso Krasovsky. Fiódor Vasilyevich argumentava veementemente que o caso não deveria estar sob a sua jurisdição, enquanto Ivan Egorovich defendia o contrário. Piotr Ivanovich, que não se envolvera na discussão de início, permaneceu imparcial, concentrando-se em folhear distraidamente o jornal recém-entregue.

— Senhores — exclamou Piotr Ivanovich subitamente —, Ivan Ilitch morreu.

— Não pode ser!

— Está aqui, vejam — disse Piotr Ivanovich, passando o jornal ainda cheirando a tinta para Fiódor Vassilyevich.

O anúncio estava envolto por uma chamativa borda preta destacando um visual distinto.

"É com grande pesar que Praskovya Fiodorovna informa a amigos e familiares o falecimento de seu amado esposo, Ivan Ilitch Golovin, membro da Suprema Corte, ocorrido em 4 de fevereiro do ano da graça de 1882. O funeral será realizado na sexta-feira, à uma hora da tarde."

Ivan Ilitch era um colega muito estimado por todos. Era de conhecimento comum que ele estava acamado há meses, sofrendo de uma doença incurável. Seu cargo estava vago, e circulavam rumores de que, com sua morte, Alexeyev provavelmente seria seu sucessor, com Vinnikov ou Shtabel ocupando o lugar do próprio Alexeyev. Assim, ao receberem a notícia, a primeira coisa que lhes veio à mente foi o impacto nas transferências e promoções.

Fiódor Vassilyevich pensou: "Agora eu devo conseguir o lugar de Shtabel ou de Vinnikov. Já me prometeram isso há tempos, e essa promoção significa um salário de oitocentos rublos por ano, além de outros benefícios."

Já Piotr Ivanovich cogitou: "Vou tentar transferir meu cunhado de Kaluga para cá. Minha mulher vai ficar feliz e não poderá dizer que nunca faço nada pelos parentes dela!"

E em voz alta, disse:

— No fundo, sempre soube que ele não sairia mais daquela cama. Uma pena!

— O que ele tinha, afinal?

— Os médicos não conseguiram chegar a um consenso, ou pelo menos não ao mesmo diagnóstico. Da última vez que o vi, aparentava estar melhorando significativamente.

— E eu que não apareci mais desde as festas, pensei várias vezes em visitá-lo.

— Ele deixou algum patrimônio?

— Acho que sua esposa tem algo, mas não é muita coisa.

— Precisamos ir até lá ver como ela está e prestar nossas condolências. Moram muito longe!

— Longe apenas para você. Qualquer lugar é longe da sua casa!

Piotr Ivanovich replicou, sorrindo, para Chebek:

— Ouviram essa? Ele não me perdoa por viver do outro lado do rio!

Depois disso, retornaram ao Tribunal, conversando animadamente sobre as distâncias entre as diferentes partes da cidade.

Além das especulações sobre possíveis transferências e mudanças no departamento decorrentes da morte de Ivan Ilitch, a simples ideia da morte de um colega tão próximo gerava um sentimento de alívio ao pensarem que "Foi ele quem morreu, e não eu", "Comigo será diferente, eu estou vivo" ou ainda "Agora era a vez dele morrer". Em todos os que ouviram a notícia, esse era o sentimento; assim pensava cada um deles. Aqueles que eram mais próximos, os chamados amigos, lembravam que agora teriam de cumprir todos os cansativos rituais de bom tom, como assistir ao funeral e fazer uma visita de condolências à viúva. Fiódor Vassilyevich e Piotr Ivanovich eram seus amigos mais próximos. Piotr fora colega de Ivan Ilitch na Escola de Direito e se sentia particularmente obrigado a cumprir essas formalidades.

Em casa, depois de contar à esposa sobre a morte de Ivan Ilitch e de compartilhar sua esperança de conseguir a transferência do cunhado, Piotr Ivanovich abriu mão de seu rotineiro descanso após a refeição, vestiu o casaco e saiu. Do lado de fora da casa de Ivan Ilitch, havia uma carruagem e dois trenós de aluguel. Encostada na parede do hall, ao lado do porta-chapéus, estava a tampa de um caixão coberta por um manto cujas franjas haviam sido recentemente borrifadas com pó dourado. Duas mulheres vestidas de preto recolhiam os casacos; uma delas, a irmã de Ivan Ilitch, Piotr Ivanovich já conhecia, mas a outra lhe era completamente desconhecida.

Seu colega Schwartz estava descendo a escada, mas, ao avistar Piotr Ivanovich, parou no topo e piscou, como quem quisesse dizer: "Veja que bagunça nosso amigo Ivan

Ilitch arrumou, diferente de nós!" O rosto de Schwartz, com suas costeletas e sua figura esguia em um casaco elegante, sempre tinha uma aparência pomposa que contrastava com sua atmosfera jovial, mas, naquela ocasião, parecia ter um toque especial para Piotr Ivanovich.

Piotr Ivanovich deixou que as duas mulheres passassem à sua frente e as acompanhou. Schwartz não demonstrou intenção de descer, e Piotr Ivanovich compreendeu o motivo: ele certamente queria organizar o jogo de uíste para aquela noite. As mulheres subiram para falar com a viúva, enquanto Schwartz, com os lábios cerrados mas um olhar astuto, apontou para Piotr Ivanovich o quarto à direita onde estava o corpo. Piotr Ivanovich entrou, com um sentimento incerto, como é comum nessas situações, sobre a atitude correta a tomar. A única coisa que lhe pareceu adequada foi que fazer o sinal da cruz nunca seria errado. Sem saber se deveria se inclinar ou não, escolheu um meio-termo: ao entrar no quarto, começou o sinal da cruz e fez um movimento que lembrava vagamente uma reverência; ao mesmo tempo, tanto quanto os movimentos de mão e cabeça permitiram, examinou o ambiente ao redor.

Dois jovens, um deles estudante, provavelmente sobrinhos de Ivan Ilitch, saíram do quarto fazendo o sinal da cruz, e ele aproveitou para fazer também. Uma senhora idosa estava parada, enquanto outra, de sobrancelhas arqueadas, cochichava alguma coisa. Um membro da igreja lia em voz alta, com uma expressão firme e inquestionável. Gerassim, o criado, caminhava suavemente à frente de Piotr Ivanovich, espalhando algo pelo chão. Ao notar essa ação, Piotr Ivanovich imediatamente sentiu o cheiro de decomposição. Em sua última visita a Ivan Ilitch, Piotr Ivanovich vira Gerassim no quarto, atuando como enfermeiro, e percebeu que o amigo gostava muito do criado.

Piotr Ivanovich continuou alternando o sinal da cruz e inclinando a cabeça, ora para o caixão, ora para o orador, ora para as imagens sobre a mesa no canto. Quando achou que já havia feito o gesto religioso por tempo suficiente, parou e olhou para o falecido.

O corpo jazia pesadamente, como todos os mortos, com os membros rígidos afundados no caixão e a cabeça repousada eternamente no travesseiro. A testa amarelada e enrugada de Ivan Ilitch se destacava, como costuma acontecer com os mortos, e seu nariz grande parecia pressionar o lábio superior. Ele estava muito diferente e ainda mais magro do que na última vez que o vira, mas, como é comum nos falecidos, o rosto parecia mais sereno e, especialmente, mais expressivo do que quando estava vivo. A expressão no rosto indicava que tudo o que poderia ter sido feito foi realizado da melhor maneira possível. Também havia uma expressão de reprovação, uma espécie de aviso aos vivos, que para Piotr Ivanovich parecia totalmente irrelevante ou, pelo menos, não destinada a ele. E, sentindo-se desconfortável, rapidamente fez outro sinal da cruz e, embora tivesse a impressão de estar se apressando demais para a ocasião, virou-se e saiu.

Schwartz o esperava no corredor, com as pernas afastadas e as mãos manuseando o chapéu atrás das costas. Apenas ver aquela figura leve e jovial deu novo ânimo a Piotr Ivanovich. Ele tinha a impressão de que Schwartz estava imune a eventos como aquele e nunca se deixaria abater por qualquer atmosfera melancólica. Seu olhar sugeria que um funeral como o de Ivan Ilitch não seria, de forma alguma, motivo suficiente para alterar o curso normal das coisas — ou seja, nada impediria o jogo de cartas daquela noite. Na verdade, não havia razão para acreditar que essa pequena adversidade os impediria de ter uma noite agradável como sempre.

— Absolutamente — murmurou Schwartz para Piotr Ivanovich enquanto passava, sugerindo que se encontrassem para um jogo na casa de Fiódor Vassilyevich.

Contudo, segundo parece, não era o destino de Piotr Ivanovich jogar naquela noite. Praskovya Fiodorovna, uma mulher baixa e gorda, que apesar de todos os esforços continuava a ganhar volume dos ombros para baixo, surgiu vestida inteiramente de preto, com um véu cobrindo a cabeça. Suas sobrancelhas arqueadas lembravam as da mulher ao lado do caixão. Ela saiu de seu quarto acompanhada por outras senhoras e foi as conduzindo até a porta do quarto onde estava o corpo. Na sequência, anunciou:

— A cerimônia vai começar. Entrem, por favor.

Schwartz se inclinou levemente, lembrando-se de onde estava, sem claramente aceitar ou recusar o convite. Praskovya, ao reconhecer Piotr Ivanovich, suspirou e se aproximou dele. Pegando a sua mão, disse:

— Eu bem sei o quanto vocês eram amigos.

E esperou uma resposta adequada. Piotr Ivanovich sabia que, assim como era apropriado fazer o sinal da cruz minutos antes naquela sala, agora era necessário apertar a mão da viúva, suspirar e dizer: "Sim, é verdade!". E assim o fez, sentindo que alcançava o efeito desejado: ambos ficaram comovidos.

— Venha, eles ainda não começaram — disse a viúva. — Preciso falar com você. Dê-me o braço.

Piotr Ivanovich ofereceu-lhe o braço e eles se dirigiram a um cômodo interno, passando por Schwartz, que piscou de forma solidária. "Tudo certo para o nosso jogo. Não reclame se arranjarmos outro parceiro. Talvez você possa se juntar a nós quando conseguir se livrar!", dizia seu olhar provocador.

Piotr Ivanovich soltou um suspiro profundo e desanimado, e Praskovya Fiodorovna apertou seu braço em sinal de agradecimento. Ao chegarem à sala de visitas, decorada com cretone cor-de-rosa e iluminada por um fraco abajur, sentaram-se, ela em um sofá e Piotr Ivanovich em um pufe baixo com molas defeituosas, que afundava sob seu peso. Praskovya quase sugeriu que ele trocasse de assento, mas achou que essa intervenção quebraria a seriedade da situação e decidiu não dizer nada.

Assim que se acomodou no pufe, Piotr Ivanovich lembrou de Ivan Ilitch, que certa vez o havia consultado sobre a decoração daquele cômodo, incluindo o cretone cor-de-rosa com folhas verdes. O ambiente estava repleto de móveis e objetos, e enquanto a viúva se dirigia ao sofá, a ponta de seu manto ficou presa na quina detalhada de uma mesa. Piotr Ivanovich se levantou para ajudá-la, mas o pufe, aliviado de seu peso, retornou à posição original com um salto. Praskovya tentou libertar o manto por conta própria, e Piotr Ivanovich se sentou novamente, pressionando as molas sob seu peso. Enquanto a viúva ainda lutava para se soltar, ele se levantou novamente, e mais uma vez o pufe respondeu com um barulho.

Exausta após a cena, Praskovya pegou um lenço de cambraia e começou a chorar. Porém, o episódio do manto e a luta contra o pufe esfriaram os sentimentos de Piotr Ivanovich, que ficou ali sentado com uma expressão carrancuda. A estranha situação foi interrompida por Sokolov, o mordomo de Ivan Ilitch, que entrou para informar que a cova escolhida custaria duzentos rublos. Praskovya parou de chorar e, olhando para Piotr Ivanovich com uma expressão de vítima, queixou-se em francês sobre a terrível situação. Piotr Ivanovich assentiu silenciosamente, indicando que entendia.

— Fume, por favor — disse ela com uma voz magnânima e ao mesmo tempo derrotada, e abordou com Sokolov o assunto sobre o preço do jazigo. Piotr Ivanovich, acendendo um cigarro, ouviu que ela perguntou com muito cuidado sobre os diferentes preços das sepulturas e determinou aquela que deveria ser adquirida. Resolvida a questão, deu as instruções referentes ao coro no funeral. E Sokolov retirou-se.

— Estou sozinha nessa decisão — declarou a viúva, movendo alguns álbuns que estavam sobre a mesa. Ao perceber que a cinza do cigarro de Piotr Ivanovich estava prestes a cair, ofereceu-lhe o cinzeiro. — Mas mentiria se dissesse que o sofrimento me paralisa diante de questões práticas. Na verdade, cuidar dos objetos que me lembram dele é uma distração. — Pegando seu lenço novamente, prestes a chorar, mas controlando seus sentimentos, começou a falar calmamente: — Sabe, há algo que gostaria de discutir com o senhor.

Piotr Ivanovich se curvou, tentando conter as molas do pufe, que voltaram a vibrar.

— Os últimos dias dele foram horríveis — disse ela.

— Ele sofreu muito?

— Sim, terrivelmente. No final, ele gritava, não por minutos, mas por horas. Gritou durante três dias e três noites sem cessar. Era insuportável. Não sei como aguentei, dava para ouvi-lo a três quartos de distância. Ah, você não faz ideia do que eu passei.

— Ele estava consciente o tempo todo?

— Sim — ela murmurou. — Até o fim. Despediu-se de nós quinze minutos antes de partir e até pediu que levássemos Volodya dali.

A contemplação do sofrimento do homem que conhecera tão bem, desde a infância despreocupada até a vida adulta enquanto colega de jogo, causou um horror profundo em Piotr Ivanovich, embora estivesse ciente da hipocrisia que tanto ele quanto a viúva estavam demonstrando. A imagem daquela testa amarelada e do nariz pressionando o lábio superior gerou um medo intenso em relação ao seu próprio futuro. Ele pensou assustado: "Três dias e noites de dor insuportável, culminando na morte. É algo que pode acontecer comigo a qualquer momento". No entanto, logo se agarrou à ideia reconfortante de que aquilo tinha acontecido a Ivan Ilitch, não a ele, e que pensar de outra forma seria sucumbir a pensamentos sombrios, o que seria um equívoco, como o rosto despreocupado de Schwartz parecia sugerir. Piotr Ivanovich recuperou o ânimo e começou a indagar minuciosamente sobre a morte de Ivan Ilitch, como se fosse uma desgraça exclusiva do amigo e não algo que pudesse afetá-lo.

Depois de expor os terríveis sofrimentos físicos que Ivan Ilitch havia suportado — cujos detalhes só percebeu por meio do efeito que produziam nos nervos de Praskovya —, a viúva considerou o momento adequado para discutir questões práticas.

— Ah, Piotr Ivanovich, foi um sofrimento terrível, terrível — disse desmoronando em lágrimas outra vez.

Piotr Ivanovich suspirou e aguardou até que ela se acalmasse. Quando as lágrimas cessaram, ele conseguiu dizer:

— Pode contar comigo.

Ela rapidamente retornou ao assunto crucial: como obter algum dinheiro do governo devido à morte do marido. Ela fingiu buscar conselhos de Piotr Ivanovich sobre a pensão, mas ele percebeu que ela já dominava todos os detalhes necessários, possivelmente até mais do que ele. Ela sabia exatamente o montante a que tinha direito, mas estava interessada em saber se havia alguma brecha para receber um pouco mais. Piotr Ivanovich tentou encontrar alguma sugestão útil, mas, após um breve momento de reflexão, acabou por criticar a avareza do governo e afirmar que parecia não haver solução. Praskovya então suspirou e começou a procurar uma maneira de encerrar a visita de seu convidado. Percebendo a intenção, Piotr Ivanovich apagou o cigarro. Depois se levantou, apertou a mão da viúva e se dirigiu para o saguão.

Na sala de jantar, onde repousava o relógio adquirido por Ivan Ilitch em um antiquário e do qual tanto gostava, Piotr Ivanovich se deparou com o padre e alguns conhecidos que vieram para o funeral. Entre eles, havia uma jovem notavelmente bonita, Lizanka, a filha de Ivan Ilitch, vestida de preto, cuja figura esguia parecia ainda mais frágil. Seu olhar carregava uma expressão quase hostil, como se responsabilizasse Piotr Ivanovich de alguma forma. Atrás dela estava, com o mesmo olhar ofendido, um jovem rico conhecido de Piotr Ivanovich, juiz de instrução, e que era, segundo ouvira dizer, noivo da jovem. Piotr Ivanovich se inclinou respeitosamente em direção a eles, mas quando se preparava para avançar, surgiu o filho adolescente de Ivan Ilitch, notavelmente semelhante ao pai. Com os olhos vermelhos de tanto chorar, o rapaz exibia o semblante desolado típico da juventude. Ao notar Piotr Ivanovich, lançou-lhe um olhar de indiferença e desdém. Piotr Ivanovich, resignado, adentrou o quarto do falecido. O serviço funerário já havia começado: velas, suspiros, incenso, lágrimas e soluços. Piotr Ivanovich permaneceu ali, fixando o olhar nos próprios pés, evitando encarar o corpo e sucumbir à tristeza; foi um dos primeiros a deixar o ambiente.

No saguão, não havia mais ninguém além de Gerassim, o criado, que rapidamente veio do quarto, recolheu todos os casacos até encontrar o de Piotr Ivanovich, e o auxiliou a vesti-lo.

— Ora, meu querido Gerassim — disse Piotr Ivanovich, apenas para quebrar o silêncio. — Que coisa triste, não é mesmo?

— É o que Deus determinou. Todos nós enfrentaremos isso em algum momento — respondeu Gerassim, exibindo seus dentes brancos e alinhados.

Parecendo ter uma tarefa urgente a concluir, ele abriu a porta da frente, chamou o cocheiro, acompanhou Piotr Ivanovich até a carruagem e voltou rapidamente para a varanda, já pensando na próxima responsabilidade que teria de cumprir.

Ao respirar o ar fresco, Piotr Ivanovich apreciou imensamente a sensação após o pesado odor de incenso, cadáver e desinfetante.

— Para onde vamos, senhor? — perguntou o cocheiro.

— Ainda está cedo, dirija-se à casa de Fiódor Vassilyevich.

Piotr Ivanovich se dirigiu até o endereço, e quando chegou, encontrou os amigos terminando a primeira rodada; conseguiu entrar no jogo a tempo.

Capítulo 2

A trajetória de vida de Ivan Ilitch foi das mais normais, das mais simples e, portanto, das mais aterrorizantes. Membro do Tribunal de Justiça, faleceu aos quarenta e cinco anos. Era filho de um oficial cuja carreira em Petersburgo, em vários ministérios e departamentos, era daquelas que encaminha as pessoas até posições das quais, por conta do longo tempo de serviço e ao status obtido, não podem ser demitidas — mesmo sendo mais do que nítido que elas nem sequer possuíam habilidade para qualquer tarefa útil. Para essas pessoas, cargos são especialmente criados, os quais, embora fictícios, pagam salários bem reais, dos quais elas continuam vivendo pelo resto da vida. Esse era o caso do conselheiro particular Ilya Yefimovich Golovin, integrante totalmente desnecessário de uma das tantas instituições igualmente desnecessárias.

Ilya Yefimovich Golovin teve três filhos homens; Ivan Ilitch era o segundo. O primogênito seguira os caminhos do pai, só que em um ministério diferente, e já estava chegando a um ponto do serviço público cuja estabilidade era a recompensa da inércia. O terceiro filho era uma decepção. Desperdiçou todas as oportunidades em vários cargos e agora estava empregado no departamento de estradas. Seu pai, irmãos e, principalmente, as esposas deles, não somente evitavam encontrá-lo, como também evitavam se lembrar de sua existência, a não ser que fossem forçados a isso. Quanto à irmã, ela se casou com o Barão Greff, um oficial de Petersburgo da mesma classe do pai.

Ivan Ilitch era considerado o "*le phénix de la famille*", como as pessoas costumavam dizer. Nem tão formal quanto o irmão mais velho, nem tão rebelde quanto o mais jovem, ele era um equilíbrio amigável entre os dois — um homem inteligente, educado, bem-humorado e agradável. Estudou Direito, assim como o irmão mais novo, mas este não concluiu o curso, sendo expulso logo no início. Ivan Ilitch, pelo contrário, se formou com sucesso. Como estudante, ele já era exatamente o que viria a ser pelo resto da vida: um jovem muito capaz, alegre, sociável, pacífico, embora firme no que considerava ser seu dever — e ele considerava seu dever o que quer que seus superiores assim determinassem. Nem quando criança, nem quando adulto, foi pessoa de pedir favores, embora fosse sua característica se sentir sempre atraído por pessoas em posições mais altas que a sua. Adotava os modos e pontos de vista dessas pessoas e logo estabelecia relações de amizade com elas. O entusiasmo da infância e juventude passou sem deixar grandes marcas. Deixou-se levar pela sensualidade, pela vaidade e, até o fim da época de estudante, por ideias liberais, mas sempre dentro de limites que sua intuição lhe apontavam como corretos.

Na vida acadêmica, praticou atos que sabia não serem bons. Na época, fizeram-no sentir-se enojado consigo mesmo. Porém, mais tarde, percebendo que a mesma conduta também era perpetrada por pessoas de alto nível e que elas não as consideravam erradas, passou a não as ter necessariamente como certas, mas simplesmente começou a ignorá-las ou apenas a não se incomodar ao lembrá-las.

Logo que obteve seu diploma e entrou no décimo escalão do serviço público, e tendo recebido dinheiro de seu pai para um novo guarda-roupa, Ivan Ilitch fez compras de vestuário na loja Charmer e pendurou em seu relógio uma medalha com a frase "Respice Finem". Depois, se despediu de seu professor e do patrono da faculdade, organizou um jantar de despedida com seus colegas no famoso restaurante Donon e, com seus novos pertences — um baú, roupas de cama, uniforme, artigos de toalete e um cobertor para a viagem — todos adquiridos nas melhores lojas, partiu para uma das províncias a fim de assumir o cargo de secretário particular e emissário do governador, obtido com a ajuda de seu pai.

Na província, Ivan Ilitch logo alcançou uma posição tão confortável quanto a que tinha desfrutado nos tempos de faculdade. Cumpria suas obrigações, progredia em sua carreira e, ao mesmo tempo, mantinha uma vida social de alto padrão. De vez em quando, fazia visitas oficiais a pequenas cidades, onde se comportava com igual dignidade tanto com superiores quanto com subordinados, cumprindo cada uma das tarefas de que era encarregado, com meticulosa e incorruptível integridade, da qual muito se orgulhava.

Em assuntos oficiais, apesar de sua juventude e gosto por entretenimentos frívolos, era extremamente reservado, profissional, severo até, mas se tornava uma pessoa divertida e espirituosa em sociedade. Sempre de bom humor, um cavalheiro e "bon-enfant", como costumavam dizer o governador e sua esposa, que o consideravam como parte da família. Na província, teve um relacionamento com uma senhora que se aproximou do jovem e elegante advogado, além de um breve caso com uma jovem chapeleira; participou de noitadas com militares de passagem, e visitas, após o jantar, a uma certa rua em um bairro afastado, e também alguns esforços um tanto duvidosos para agradar seu chefe e até mesmo a esposa deste, mas tudo era feito com tamanha elegância que nada podia ser criticado. Ficava tudo sob a máxima francesa "*Il faut que la jeunesse se passe*". Era tudo conduzido com mãos limpas, camisas limpas, expressões em francês e, principalmente, na alta sociedade, portanto, com a aprovação de pessoas de classe!

Assim foi a carreira de Ivan Ilitch por cinco anos, até que houve uma mudança em sua vida oficial. Foram criadas novas instituições e foi necessário contratar novos homens. Ivan Ilitch se tornou um deles. Ofereceram-lhe o cargo de juiz de instrução e ele o aceitou, apesar de o posto ser em outra província e obrigá-lo a abrir mão das relações que havia feito ali e a fazer outras novas. Os amigos que foram se despedir tiraram uma fotografia e deram-lhe de presente uma cigarreira prateada. E lá se foi Ivan Ilitch para uma nova vida.

Como juiz de instrução, Ivan Ilitch era irrepreensível: sabia se portar e separar com inteligência seus compromissos oficiais de sua vida particular; era tão capaz de inspirar respeito quanto o tinha sido no cargo anterior. As obrigações de seu novo posto eram muito mais atraentes e interessantes do que as de sua antiga função. Antes, era-lhe agradável sair da Charmer à paisana em direção à multidão de peticionários e oficiais sem importância que aguardavam timidamente uma audiência com o governador e vê-los olhá-lo com inveja quando entrava com segurança no escritório particular deste para com ele tomar um chá e fumar um cigarro. Mas havia pouca gente que dependia diretamente de sua boa vontade — apenas oficiais da polícia e os secretários quando iam em missões especiais —, e ele gostava de tratá-los afavelmente, quase como companheiros; gostava de fazê-los sentir que ali estava ele, um homem que tinha o poder de subjugar, de quem eles dependiam, dando um tratamento de igual para igual. Nessa época, essas pessoas não eram muitas, mas agora que ele era um magistrado, sentia que todos — todos, sem exceção, até aquele mais poderosos e arrogantes — estavam em suas mãos e que lhe bastava escrever certas palavras em um pedaço de papel timbrado, e esta ou aquela pessoa tão importante e autossuficiente seria trazida à sua presença na condição de acusado ou de testemunha, e que bastava que ele decidisse não lhe deixar sentar, a pessoa seria obrigada a permanecer de pé em sua presença e responder ao seu interrogatório.

Ivan Ilitch nunca abusou do seu poder, ao invés disso, buscava atenuar sua influência. No entanto, a consciência desse poder e a capacidade de suavizar seu impacto apenas intensificaram sua fascinação pela posição que ocupava. Em relação ao trabalho propriamente dito — isto é, os julgamentos — Ivan Ilitch logo dominou a arte de remover todas as considerações não pertinentes ao aspecto legal e simplificar até mesmo o caso mais complexo a uma forma em que os fundamentos pudessem ser documentados, excluindo completamente sua opinião pessoal e, o mais importante, seguindo todas as formalidades. Ele foi um dos primeiros a aplicar o Código de 1864 quando assumiu o cargo de magistrado na nova cidade.

Ao entrar nessa função, Ivan Ilitch fez novos amigos, criou novas relações, tendo se adaptado novamente e adotado um novo estilo de vida. Mantinha uma postura digna e distante em relação às autoridades, selecionava os melhores círculos entre os homens da lei e da nobreza na cidade, fazendo uma leve crítica ao governo, combinada com uma forma moderada de liberalismo e consciência cívica. Nessa época, sem comprometer a elegância de seu traje, Ivan Ilitch parou de se barbear, permitindo que sua barba crescesse livremente.

Ivan Ilitch estava confortável em sua nova vida na cidade. Circulava entre uma classe alta simpática e afável, que tendia a criticar o governador. Seu salário havia aumentado e ele começou a jogar uíste, uma nova fonte de prazer. Como um jogador bem-humorado, capaz de pensar rapidamente e calcular com precisão suas jogadas, ele geralmente estava do lado vencedor.

Após alguns anos na cidade, Ivan Ilitch conheceu Praskovya Fiodorovna Mikhel, que se tornaria sua esposa. Ela era a jovem mais encantadora, brilhante e espirituosa do seu grupo. Entre os vários passatempos que seu trabalho enquanto juiz exigiam, Ivan Ilitch incluiu o flerte leve e divertido com a moça.

Durante o tempo em que Ivan Ilitch fora secretário particular do governador, ele quase nunca perdia um baile. Agora, como juiz de instrução, dançava apenas ocasionalmente — como uma forma de provar que, apesar de seu trabalho em uma instituição reformada e de sua promoção a um cargo superior, ainda era habilidoso nessa arte. Nessas raras ocasiões, dançava com Praskovya Fiodorovna e, em uma dessas vezes, conseguiu conquistar seu coração. Ela se apaixonou profundamente por ele. No começo, Ivan Ilitch não tinha planos de se casar, mas ao perceber o amor dela, pensou: "Por que não?"

Praskovya Fiodorovna vinha de uma boa família, era atraente e tinha uma certa fortuna. Embora Ivan Ilitch esperasse um casamento mais vantajoso, não via nela um mau arranjo. Com um bom salário, ele achava que a renda da jovem complementaria a dele. Ela era bem relacionada, doce, bonita e apropriada. Dizer que Ivan Ilitch se casou por amor e porque compartilhava das opiniões de sua noiva não seria verdade, assim como afirmar que ele se casou apenas para atender às expectativas sociais. Ele considerava principalmente dois aspectos: o casamento lhe traria satisfação pessoal e também era bem visto pelas classes mais altas.

Assim, Ivan Ilitch deu o próximo passo e se casou. A cerimônia de casamento e os primeiros dias da vida conjugal, com toda a atenção dedicada a eles, os novos móveis, a louça e as roupas de cama, além da gravidez de sua esposa, eram tudo o que ele poderia desejar. Ele começou a pensar que o casamento não só não poderia atrapalhar seu modo de vida agradável e respeitável, aprovado pela sociedade e visto como natural, mas também adicionaria um novo encanto a ele.

Contudo, nos primeiros meses da gravidez de sua esposa, Ivan Ilitch se deparou com uma nova realidade. Era algo inesperado, desafiador e completamente imprevisto; uma situação que ele jamais poderia ter antecipado e para a qual não existia uma solução simples ou uma fuga fácil. Esses foram momentos de desafios repentinos, uma realidade que o pegou desprevenido e para a qual ele não estava preparado emocionalmente.

Sua esposa, sem motivo aparente, ou pelo menos assim parecia para ele, por mero capricho, como ele descrevia, começou a perturbar a harmonia agradável e decente de sua vida. Sem nenhuma razão justificável, Praskovya começou a manifestar ciúmes, a exigir toda sua atenção, a apontar falhas em tudo e a criar cenas desagradáveis e constrangedoras.

Inicialmente, Ivan Ilitch tentou escapar dessa situação adotando a mesma atitude indiferente que lhe havia servido bem no passado. Ignorava os acessos de mau humor de sua esposa, continuava a levar sua vida despreocupada, convidava amigos para jogar cartas em casa, tentava frequentar o clube e aceitava convites. Contudo, chegou um momento em que sua esposa o confrontou de forma tão intensa que ele percebeu que não poderia mais evitar o conflito. Foi então que ele se deu conta de que o casamento, ao menos com Praskovya, não era apenas fonte de prazeres e alegrias, mas também podia ser invasivo e desconfortável. Decidiu então buscar maneiras de se proteger e preservar sua própria felicidade. A partir desse momento, ele começou a considerar sua posição social como um recurso importante para alcançar a independência que buscava.

O nascimento da criança, as dificuldades em amamentá-la e as várias doenças, reais e imaginárias, que afetaram mãe e filho, e para as quais Ivan Ilitch era solicitado, mas sobre as quais ele não entendia nada, contribuíram para sua urgência em construir um muro que o separasse da vida familiar.

À medida que sua esposa ficava mais irritada e exigente, Ivan Ilitch deslocava o foco de sua existência da família para o trabalho. Ele se envolveu cada vez mais em suas responsabilidades profissionais, com uma grande ambição que nunca havia demonstrado antes.

Logo, após apenas um ano de casamento, Ivan Ilitch concluiu que o matrimônio, embora tivesse suas vantagens, era, na verdade, muito complexo e difícil. Para cumprir suas obrigações e levar uma vida respeitável aprovada pela sociedade, ele precisava estabelecer limites claros para si mesmo.

E assim fez em relação à sua vida conjugal. Ele esperava que sua companheira cumprisse apenas com as formalidades, como ser uma esposa organizada em casa, manter a cama arrumada, servir as refeições pontualmente, ao mesmo tempo que mantinha as aparências exigidas pela sociedade. Quanto ao que passasse desse ponto, ele apenas buscava um pouco de companheirismo e ficava satisfeito quando o encontrava. Porém, caso encontrasse somente hostilidade e antagonismo, rapidamente se afastava para o mundo de suas obrigações profissionais e com ele se satisfazia.

Ivan Ilitch era tido como um magistrado formidável e, depois de três anos, foi promovido a promotor público adjunto. A importância de seu trabalho, a publicidade em torno de seus discursos, suas novas atribuições, bem como sua capacidade de acusar e condenar qualquer um e seu sucesso em sua profissão eram elementos que aumentavam o seu fascínio pela vida pública.

Mais filhos vieram, e sua esposa se tornava cada vez mais exigente e mal-humorada. Contudo, o muro que Ivan Ilitch havia erguido para se separar de sua vida familiar o tornava quase imune às constantes reclamações dela.

Depois de sete anos na mesma cidade, Ivan Ilitch foi transferido para outra província como promotor público. A mudança trouxe descontentamento para sua esposa. Embora o salário fosse maior, o custo de vida também aumentou, e dois de seus filhos faleceram, tornando a vida em família ainda mais desagradável para Ivan Ilitch.

Praskovya culpava o marido por todos os problemas na nova casa. A maioria das conversas entre o casal, especialmente aquelas relacionadas à educação dos filhos, resultava em discussões antigas, e uma briga estava sempre prestes a começar. Restavam apenas momentos esporádicos de sensualidade, mas de curta duração. Eram pequenos refúgios em meio a um oceano de hostilidade disfarçada, evidenciada pela crescente distância entre eles. Esse afastamento poderia tê-lo perturbado se ele acreditasse que seria diferente, porém passou a ver essa distância não apenas como normal, mas até como um objetivo a ser alcançado na vida familiar. Ele aspirava se libertar cada vez mais das coisas desagradáveis e adotar uma atitude indiferente, o que conseguiu passando menos tempo com a família quando estava em casa e se protegendo com a presença de estranhos.

Ainda assim, a maior satisfação de Ivan Ilitch estava em seu gabinete. O seu interesse estava inteiramente concentrado nas suas obrigações profissionais, que o absorviam completamente. O sentimento de seu próprio poder, a capacidade de influenciar as pessoas e o status de sua posição eram fontes de grande satisfação para ele. Assim continuava a vida de Ivan Ilitch, seguindo o curso que ele achava que deveria ser agradável e dentro das convenções sociais.

As coisas continuaram assim por mais sete anos. A filha mais velha de Ivan Ilitch, Liza, já tinha dezesseis anos de idade, enquanto outro bebê tinha falecido, deixando apenas um filho homem, um estudante que havia se tornado alvo de frequentes discussões. Ivan Ilitch desejava que o filho fosse encaminhado para a Escola de Direito, mas Praskovya Fiodorovna, apenas por capricho, optou por enviá-lo para o colégio. Liza havia recebido educação em casa e tinha se saído muito bem; o filho também não estava mal nos estudos.

Capítulo 3

Após dezessete anos de casamento, a vida de Ivan Ilitch seguia seu curso tranquilo. Ele já era um promotor público experiente e havia recusado várias propostas de transferência buscando fortalecer ainda mais sua posição. Contudo, um incidente desagradável e inesperado interrompeu essa calmaria. Ivan Ilitch contava ser nomeado juiz em uma cidade universitária, mas, não se sabe como, Hoppe o antecedeu na indicação. Isso o deixou irritado, resultando em atritos com o colega e seus superiores imediatos. Como consequência, foi ignorado e deixado de lado novamente quando surgiram novas oportunidades de nomeação.

Em 1880, o ano mais desafiador da vida de Ivan Ilitch, ficou claro que seu salário era inadequado e que ele estava sendo esquecido por todos. Aquilo que ele via como uma terrível injustiça, aos olhos dos outros, parecia ser algo comum. Nem mesmo seu pai se sentiu compelido a ajudá-lo. Tendo se sentindo abandonado por todos, Ivan Ilitch percebeu que sua situação financeira não era normal, apesar de seu salário de três mil e quinhentos rublos, pois enfrentava injustiças, reclamações constantes da esposa e dívidas devido ao seu estilo de vida acima das posses.

Para reduzir as despesas, ele tirou uma licença e foi com sua esposa passar o verão na casa de campo do cunhado. Lá, longe das obrigações do trabalho, Ivan Ilitch enfrentou uma profunda depressão pela primeira vez na vida e decidiu que era hora de agir e fazer mudanças drásticas.

Depois de uma noite de insônia, refletindo na varanda, resolveu ir a Petersburgo buscar uma transferência para outro ministério, punindo assim aqueles que não o valorizaram devidamente. Apesar dos esforços da esposa e do cunhado para dissuadi-lo, partiu para a cidade no dia seguinte.

Tinha apenas um objetivo: obter um cargo com salário de cinco mil rublos. Não tinha em mente nenhum ministério, direção ou tipo de atividade. Só precisava de um cargo, um cargo com cinco mil, na administração, nos bancos, nos caminhos de ferro, nas instituições da imperatriz Maria, até na alfândega, mas certamente de cinco mil, e certamente para sair do ministério, onde não sabiam apreciá-lo.

Eis que esta viagem de Ivan Ilitch foi coroada com um sucesso surpreendente e inesperado. Em Kursk, F. S. Ilyin, um conhecido, sentou-se na carruagem de primeira classe e mencionou um telegrama recentemente recebido pelo governador, ali, relatando uma iminente mudança no ministério: Ivan Semenovich seria substituído por Piotr Ivanovich.

A suposta mudança, além de sua importância para a Rússia, teve um significado especial para Ivan Ilitch, na medida em que, a ascensão de uma nova personalidade, no caso Piotr Ivanovitch, certamente arrastaria a de seu amigo Zakhar Ivanovich, que poderia favorecê-lo. Zakhar Ivanovich era camarada e amigo deste.

Em Moscou, as notícias foram confirmadas e, ao chegar a Petersburgo, Ivan Ilitch procurou Zahar Ivanovich, que prometeu indicá-lo em seu antigo departamento, o Ministério da Justiça. Em uma semana, ele telegrafou o seguinte à sua esposa: "Zahar me indicará para o lugar de Miller".

Essa mudança de pessoal proporcionou a Ivan Ilitch uma surpreendente promoção em seu antigo ministério, o que o colocou dois níveis acima de seus ex-colegas, garantindo-lhe uma renda de cinco mil rublos, além de uma ajuda de três mil e quinhentos rublos para as despesas que a mudança geraria. Todas as queixas contra seus antigos inimigos e o departamento foram esquecidas num instante, e Ivan Ilitch sentiu-se completamente satisfeito.

Ao voltar para o campo, ele estava mais animado e feliz do que em muito tempo. Ele e Praskovya decidiram fazer uma trégua. Ivan Ilitch falava com entusiasmo sobre o tratamento respeitoso que recebeu em Petersburgo, como seus antigos inimigos se tornaram humildes e servis, e como todos na capital estavam invejando sua nova indicação.

Praskovya ouvia tudo já criando roteiros para a nova vida na cidade para a qual se mudariam. Ivan Ilitch notou com animação que esses planos eram iguais aos seus e que eles estavam estranhamente alinhados. Isso indicava que a vida deles caminhava para se recuperar em sua natural ordem e alegria.

Ivan Ilitch teria de passar pouco tempo no campo, já que precisaria assumir suas novas funções em setembro. Ele também precisava de um tempo para se adaptar ao lugar novo, realizar a mudança da província e providenciar várias coisas para se estabelecer conforme o planejado, o que estava de acordo com as ideias de Praskovya.

Com tudo indo tão bem e ambos compartilhando os mesmos planos, o casal vivia a melhor fase de seu casamento. Primeiramente, Ivan Ilitch cogitou levar toda a família de uma só vez; contudo, a insistência de seu cunhado e da esposa dele, que se tornaram repentinamente amáveis e simpáticos, o convenceu a partir sozinho. Então Ivan Ilitch se foi, levando a feliz plenitude de espírito que seu sucesso trouxe consigo e também, pela sintonia com sua esposa, um sentimento que estava se fortalecendo reciprocamente.

Ele encontrou um apartamento charmoso, exatamente como o casal sempre tinha sonhado, e supervisionou as reformas pessoalmente. A escolha dos móveis e a decoração, tudo conforme havia planejado. Mesmo antes de tudo estar concluído, Ivan Ilitch imaginava como seria o resultado e como impressionaria sua esposa e filha, que tinham bom gosto para essas questões. Tudo isso o envolveu tanto que, por vezes, ele acabava se distraindo no meio das sessões de trabalho, pensando nos detalhes da decoração.

Conforme as coisas avançavam, elas superavam suas expectativas. Ivan Ilitch imaginava o aspecto refinado e elegante que tudo teria quando estivesse pronto. Ele se pegava imaginando como a sala de estar ficaria assim que estivesse concluída, à noite, antes de dormir. Pegava-se admirando a lareira, o biombo, a cristaleira e as cadeiras espalhadas, os pratos nas paredes, os enfeites de bronze, e se satisfazia quando pensava na impressão que causaria em sua esposa e filha, que realmente tinham um gosto excepcional para esses assuntos. Ele mantinha um entusiasmo contido em suas cartas para causar uma surpresa ainda maior quando elas chegassem.

Ivan Ilitch se envolvia tanto com as reformas que, às vezes, se distraía durante o trabalho, ponderando sobre detalhes como se o bandô da cortina deveria ser reto ou arredondado. Ele frequentemente tomava a iniciativa, movendo móveis e ajustando as cortinas por conta própria. Certa vez, subiu na escada para mostrar ao estofador confuso como queria armar as cortinas, tropeçou e caiu, mas, como um homem forte e hábil, segurou-se, batendo apenas com o lado na alça da moldura. O hematoma doeu, mas logo desapareceu. Ivan Ilitch sentiu-se especialmente alegre e saudável durante todo esse tempo. Ele escreveu: "Sinto-me quinze anos mais jovem". Pensava em terminar tudo em setembro, mas demorou até a metade de outubro. E ficou lindo — não só ele disse isso, mas todos que viram disseram a ele.

Na realidade, o efeito não ia além do típico das casas de pessoas que não são ricas, mas desejam parecer, acabando por se assemelhar a todos os outros de sua classe social: havia tecidos nobres, madeira escura, plantas, tapetes, ornamentos de bronze, tudo muito elegante e bem cuidado, o tipo de decoração comum entre pessoas de determinada classe social que buscam uma certa imagem.

Tudo aquilo parecia especial para o animado Ivan Ilitch. Quando foi buscar sua família na estação e os conduziu ao apartamento recém decorado, luminoso e pronto para habitar, sentiu uma onda de felicidade ao ver suas expressões de satisfação. O hall repleto de flores, o criado uniformizado abrindo a porta, tudo contribuía para o clima festivo. Ao adentrarem a sala de estar e o escritório, as exclamações de contentamento ecoavam, e ele absorveu cada elogio com entusiasmo, sorrindo com genuíno prazer. Durante o chá daquela tarde, quando Praskovya indagou sobre sua queda da escada, ele a contou com bom humor e gestos exagerados, divertindo a todos com sua narrativa animada.

— Ufa, sorte que estou em forma como um atleta! Se fosse outra pessoa, teria caído duro. Eu só levei um golpezinho aqui. Dói quando eu encosto, mas vai passar logo, é só um arranhão bobo.

A vida na nova morada começou dessa forma, com muito entusiasmo e novidades. E, como sempre acontece, depois de instalados, acharam que faltava ainda um outro quarto; os recursos haviam dobrado mas, como também sempre acontece, acharam que ainda precisariam de mais quinhentos rublos. No entanto, tudo parecia ir muito bem. As coisas estavam especialmente animadas no início, enquanto ainda havia ajustes a serem feitos, compras a serem feitas, móveis a serem rearranjados. Mesmo que ainda houvesse pequenas discussões entre marido e mulher, elas eram superadas rapidamente pela quantidade de atividades.

Entretanto, ao passo em que as tarefas foram sendo concluídas e a vida na nova casa se estabeleceu, eles começaram a sentir um vazio. A falta de decisões a serem tomadas trouxe um tédio sutil, mas então eles começaram a socializar, a entrar em uma rotina, e isso preencheu suas vidas novamente.

Ivan Ilitch, após suas manhãs no Tribunal, voltava para casa para almoçar, a princípio bem-humorado, embora esse bom humor sempre estivesse à beira de ser estragado, especialmente por causa da casa nova. Qualquer mancha na toalha da mesa ou no estofamento, uma gravata de cortina um pouco gasta, tudo isso o irritava profundamente. Ele havia dedicado tanto esforço para organizar tudo, que ver qualquer coisa estragada era doloroso para ele.

Mas, de um modo geral, mesmo com esses detalhes, a vida de Ivan Ilitch estava no curso que ele considerava adequado: tranquila, agradável e dentro das normas estabelecidas. Ele se levantava por volta das nove horas, tomava seu café da manhã, lia os jornais, vestia seu uniforme e se dirigia ao Tribunal. Lá, ele mergulhava em sua rotina de trabalho, lidando com petições, processos e as sessões públicas e administrativas. Nesse ambiente, era muito importante excluir tudo que pudesse trazer vida própria, já que isso poderia perturbar o andamento das questões oficiais. Ele não permitia qualquer tipo de relacionamento pessoal além do estritamente necessário, e, mesmo assim, apenas no ambiente oficial.

Por exemplo, se alguém buscasse informações pertinentes à sua área de trabalho, ele agiria com solicitude, desde que isso pudesse ser resolvido com um simples documento oficial. Nesses momentos, Ivan Ilitch parecia ter relações humanas amistosas, seguindo as regras do bom convívio social. Entretanto, além desses limites, não havia espaço para interações pessoais. Ele dominava a arte de separar com maestria a vida oficial da vida privada, e esse era um talento desenvolvido ao mais alto grau. Ocasionalmente, como os virtuosos, ele permitia a si mesmo mesclar brevemente essas esferas, mas sempre mantendo a capacidade de retornar ao tom puramente oficial quando necessário.

Apesar de tudo, Ivan Ilitch não encarava seu trabalho como algo tedioso. Nos intervalos entre as sessões, ele fumava, tomava chá, discutia política e outros assuntos, mas sempre retornando ao tema do trabalho. Ele se sentia como um artista, um dos primeiros violinos da orquestra, após uma performance impecável, quando voltava para casa. Lá, ele se informava sobre as atividades da família e, após o jantar, se dedicava à leitura de livros em voga ou ao estudo de documentos oficiais relacionados ao seu trabalho no Tribunal, caso não houvesse visitas. Embora essas atividades não fossem exatamente divertidas, ele as preferia a ficar ocioso ou a conversar com sua esposa durante a noite. Seu maior prazer residia em organizar pequenos jantares para pessoas de boa posição social, embora esses eventos não tivessem nada de extraordinário, assim como sua sala de visitas não se destacava das demais.

    O casal até organizou um baile uma vez. Ivan Ilitch aproveitou bastante e tudo transcorreu sem problemas, exceto por uma briga acalorada entre ele e a esposa devido à comida. Praskovya Fiodorovna tinha um plano específico, mas Ivan Ilitch insistiu em contratar um serviço caríssimo e encomendou bolos em excesso, o que resultou em sobras e uma conta de confeitaria de quarenta e cinco rublos. A discussão foi intensa, com Praskovya o chamando de tolo e imbecil, e ele mencionando o divórcio desesperadamente. Mesmo assim, a festa em si foi bastante agradável. A elite social compareceu em peso, e Ivan Ilitch até chegou a dançar com a Princesa Trufonov, uma das irmãs da conhecida fundadora da sociedade beneficente "Amenize meu sofrimento".

    Apesar de sua ambição profissional ser uma fonte significativa de prazer, e de sua satisfação com as vaidades sociais, seu verdadeiro deleite estava no jogo de cartas uíste. Confessava que pouco importava o que acontecesse de desagradável em sua vida, já que a verdadeira alegria vinha de se sentar para jogar com parceiros dedicados e silenciosos, preferencialmente em grupos de quatro, porque mesmo que todos fingissem não se importar, tendo mais de cinco jogadores, um teria de ficar esperando. Para ele, uma partida séria e inteligente, seguida de uma boa refeição e vinho, era o ápice da satisfação. Ao se deitar depois de um jogo, especialmente se tivesse ganhado um pouco (ganhar muito era desagradável), Ivan Ilitch ia para a cama especialmente feliz.

Desse modo, eles continuavam a viver, frequentando os círculos sociais mais refinados e recebendo visitas tanto de pessoas importantes quanto de jovens. Praskovya e sua filha não tinham do que reclamar em relação ao círculo de amigos de Ivan Ilitch. Em um acordo tácito, eles se esforçavam para afastar os amigos e parentes que apareciam apenas para bajulá-los na sala de visitas, decorada com pratos japoneses nas paredes. Essas pessoas logo deixavam de frequentar a residência dos Golovin e, em pouco tempo, apenas aqueles que realmente interessavam permaneceram por lá. Os rapazes começaram a cortejar Liza, e um jovem magistrado, Petrischev, filho e único herdeiro de Dimitri Ivanovich Petrischev, demonstrava grande atenção por ela, levando Ivan Ilitch a sugerir à esposa a possibilidade de proporcionar um passeio de carruagem a eles, ou uma ida ao teatro sozinhos. A vida seguia seu curso, sem problemas, e tudo era bastante agradável na rotina da família Golovin.

Capítulo 4

A saúde da família estava indo bem. Ivan Ilitch ocasionalmente reclamava de um gosto estranho na boca e uma sensação desconfortável no lado esquerdo do estômago, mas ninguém considerava isso uma doença grave. No entanto, essa sensação começou a se intensificar, evoluindo para uma pressão, acompanhada de desânimo e irritabilidade. A irritação foi crescendo até afetar negativamente a vida agradável e calma que os Golovin desfrutavam. As discussões entre o casal se tornaram frequentes, e a tranquilidade e o prazer da vida em família foram se perdendo aos poucos. O clima de discórdia se instalou de forma persistente, e Praskovya passou a reclamar do temperamento difícil de Ivan Ilitch, alegando que suportava essa situação com paciência há vinte anos.

As explosões temperamentais de Ivan Ilitch ocorriam principalmente durante o jantar, muitas vezes por motivos triviais, como um prato lascado ou o sabor da comida. Praskovya, percebendo que reagir só piorava as coisas, passou a se conter e a evitar confrontos diretos. Ela se orgulhava do autocontrole que demonstrava, mas internamente crescia a amargura e o desejo de que o marido morresse para que ela pudesse se livrar desse tormento, ainda que isso significasse perder sua fonte de renda. Essa contradição entre desejar a morte do marido e depender dele financeiramente aumentava ainda mais sua raiva e infelicidade. Depois de uma situação em que Ivan Ilitch foi especialmente injusto e, em seguida, tentou justificar sua irritação alegando que não estava se sentindo bem, Praskovya respondeu que, se ele estava doente, deveria procurar tratamento. Ela insistiu para que ele consultasse um médico renomado. O pobre Ivan concordou. Tudo se passou como o esperado: a longa espera, a atitude altiva e profissional do médico. Ele reconhecia bem aquele ar de dignidade profissional, pois adotava o mesmo comportamento no Tribunal. O médico realizou exames, fez perguntas que levavam a conclusões óbvias e desnecessárias, e exibiu um olhar sério que parecia dizer: "Deixe tudo conosco. Nós sabemos o que estamos fazendo e resolveremos isso para você, como faríamos com qualquer outra pessoa". Todo o procedimento lembrava o que acontecia nos Tribunais. O comportamento que Ivan Ilitch adotava em benefício dos prisioneiros no Tribunal, o médico agora passou a adotar em relação a ele.

O médico explicou a Ivan Ilitch que seus sintomas poderiam indicar problemas internos com este ou aquele órgão, mas que o diagnóstico definitivo dependeria dos exames clínicos. A decisão final seria entre um rim flutuante ou apendicite, mas a análise da urina poderia revelar uma nova pista, exigindo uma reavaliação completa. Indiferente à ansiedade de Ivan Ilitch sobre a gravidade de sua condição, o médico focava apenas na questão técnica.

Para Ivan Ilitch, a única coisa importante era saber se sua situação era grave ou não, mas o médico ignorou essa pergunta, pois para ele isso era irrelevante. O verdadeiro problema, para ele, era determinar se o problema estava no rim ou no apêndice. O médico, estando mais inclinado à apendicite, deixou claro que a análise da urina poderia mudar tudo. Ivan Ilitch percebeu que, para o médico e outras pessoas, a questão não tinha grande importância, mas para ele era aterrorizante. Esse entendimento lhe gerou um forte sentimento de autopiedade e amargura pelo desinteresse do médico.

Apesar de estar frustrado, Ivan Ilitch não expressou sua indignação. Rapidamente se levantou, pagou a consulta e perguntou com um suspiro:

— Às vezes, nós, que estamos enfrentando problemas de saúde, acabamos fazendo perguntas meio deslocadas. Mas, me diga, numa visão geral, esses sintomas parecem ser algo sério ou não tão preocupante assim?

O médico lançou um olhar severo por cima do monóculo, como se estivesse advertindo: "Por favor, não deixe de se manter focado em responder às perguntas ou serei obrigado a pedir que você se retire da sala".

— Já expressei tudo o que achei necessário — respondeu o médico —, os exames fornecerão mais informações. — E apontou para a porta.

Ivan Ilitch saiu lentamente, indo sentar desanimado no trenó enquanto voltava para casa. Durante todo o trajeto, ele tentou simplificar as palavras do médico em algo mais compreensível, buscando entender se sua condição era realmente grave ou não passava de algo leve. No final, ele chegou à conclusão de que estava realmente muito doente. Tudo ao seu redor na rua parecia sombrio: os trenós, as casas, as pessoas, as lojas. A dor que ele sentia, combinada às palavras enigmáticas do médico, agora parecia ter um significado mais preocupante.

Chegando em casa, Ivan Ilitch tentou desabafar com sua esposa sobre o que o médico havia lhe dito. Ela escutava, mas no meio do relato, sua filha, que estava se preparando para sair, entrou na sala usando chapéu. Mesmo relutante, Liza se sentou para ouvir, mas logo demonstrou impaciência. Praskovya Fiodorovna também não conseguiu prestar atenção até o final do relato de Ivan Ilitch.

— Que bom, estou aliviada! — disse ela, com um sorriso tranquilo. — Você precisa se cuidar a partir de agora e seguir o tratamento corretamente. Agora, me dê a receita; vou pedir para o Gerassim ir até a farmácia.

Ivan Ilitch mal teve tempo de respirar aliviado quando sua esposa saiu da sala, soltando um suspiro profundo. Pensou consigo mesmo: "Bem, talvez não seja tão grave, afinal". Ele começou a tomar o remédio e seguir as instruções do médico, que foram alteradas após o exame de urina. Contudo, logo Ivan Ilitch percebeu que os resultados não condiziam com o que o médico havia previsto. Surgiram suspeitas de que o médico tinha esquecido algo, cometido um erro ou até mesmo escondido algo dele. Apesar disso, Ivan Ilitch continuou a seguir as ordens médicas, encontrando um certo conforto temporário nessa obediência.

Desde a primeira consulta, Ivan Ilitch passou a dedicar grande parte de seu tempo e atenção às recomendações médicas sobre higiene e medicamentos, além de observar cuidadosamente os sintomas de sua doença e o funcionamento geral de seu corpo. Sua principal preocupação se tornou sua própria saúde, assim como a saúde das outras pessoas ao seu redor. Sempre que alguém mencionava doenças, mortes ou curas na sua presença, especialmente se os sintomas se assemelhavam aos seus, ele ouvia com atenção, tentando disfarçar sua inquietação, fazendo perguntas e aplicando o que aprendia à sua própria situação.

Por mais que Ivan Ilitch fizesse esforços para se convencer de que estava melhor, a dor persistia sem diminuir. Bastava um pequeno contratempo com a esposa, uma contrariedade no Tribunal ou cartas ruins no jogo para que sua sensibilidade em relação à doença aumentasse consideravelmente. Anteriormente, ele teria enfrentado essas situações com resignação, esperando superá-las. Contudo, agora qualquer revés o aborrecia profundamente, bem como o levava ao desespero. Ele se pegava pensando em coisas como: "Justo quando começo a me sentir um pouco melhor, e o remédio parece fazer efeito, algo assim acontece... que má sorte". Sua frustração se voltava para a sua própria sorte ou para as pessoas que contribuíam para suas decepções, alimentando seu sofrimento gradual. Tinha consciência de que essas explosões emocionais prejudicavam sua saúde, mas era difícil conter essas reações.

Apesar de ser evidente para todos que se irritar com as circunstâncias e as pessoas só faria sua doença piorar, Ivan Ilitch chegou à conclusão oposta: ele acreditava que precisava de paz e estava vigilante em relação a qualquer coisa que pudesse perturbá-la, ficando furioso ao menor sinal de intranquilidade. Seu estado de saúde se deteriorava ainda mais com as leituras de livros de medicina e as visitas a vários médicos. Como a progressão de sua doença era sutil, ele poderia se enganar ao comparar um dia com o outro. No entanto, ao consultar os médicos, tinha a sensação de que sua condição estava piorando rapidamente e de forma assustadora a cada dia. Mesmo assim, continuava buscando orientação médica.

Naquele mês, foi consultar outro médico famoso, que basicamente disse a mesma coisa que o primeiro, embora de forma diferente. Essa nova consulta só aumentou suas dúvidas e temores. Depois, um amigo de um amigo, que era um médico muito respeitado, deu outro diagnóstico para a sua doença. Embora tenha sugerido que ele acabaria se recuperando, suas perguntas e teorias só o confundiram ainda mais e aumentaram seu ceticismo. Um homeopata ofereceu um diagnóstico diferente e um remédio que ele tomou secretamente por uma semana. No entanto, ao final desse período, sem sentir nenhum alívio e perdendo a confiança tanto nos remédios anteriores quanto nesse novo tratamento, Ivan Ilitch ficou ainda mais desanimado do que antes. Em um dia qualquer, uma conhecida mencionou uma cura através de imagens milagrosas. Ivan Ilitch se pegou ouvindo atentamente e começando a acreditar na história como algo real, o que o assustou profundamente. Ele se perguntava como sua mente tinha chegado a esse ponto.

"Todas essas bobagens, esse lixo...! Não devo me deixar levar, mas sim escolher um médico e seguir seriamente o tratamento que ele me indicar. É isso que eu vou fazer. Está decidido. Não vou mais me deixar abalar, só seguir o tratamento até o verão, e então veremos. De agora em diante, nada de dúvidas!" Isso tudo era fácil de dizer, mas impossível de colocar em prática.

A dor constante do lado esquerdo era uma fonte crescente de preocupação para Ivan Ilitch. Parecia que ela se intensificava a cada dia e se tornava mais presente e mais frequente. Além disso, o gosto peculiar em sua boca só piorava com o tempo. Ele sentia como se sempre estivesse com mau hálito, o que o incomodava bastante. Esses sintomas estavam afetando seu apetite e sua força, que estavam gradualmente diminuindo.

Ivan Ilitch enfrentava uma realidade inescapável: algo terrível e novo estava acontecendo dentro dele, algo de imensa importância, mais significativo do que qualquer outra experiência em sua vida até então. No entanto, ele sentia que estava sozinho nesse entendimento, pois as pessoas ao seu redor simplesmente não compreendiam a gravidade da situação. Para elas, a vida seguia como sempre, sem grandes mudanças. Essa falta de compreensão era angustiante para Ivan Ilitch, pois via que sua família, especialmente sua esposa e filha, estavam mais preocupadas com seus próprios afazeres e obrigações sociais do que com seu estado de saúde. Isso o entristecia profundamente, pois percebia que estava se tornando um estorvo para elas, mesmo que tentassem disfarçar essa frustração. Sua esposa, em particular, adotou uma postura distante em relação à sua doença, focando apenas nela mesma e ignorando suas necessidades e preocupações.

— Às vezes, sinto que Ivan Ilitch não consegue se manter disciplinado com o tratamento médico — ela comentava com os amigos. — Há dias em que ele segue à risca o que o médico recomenda. Toma os remédios, segue a dieta e vai dormir no horário correto. Mas em outros dias, se não sou eu quem está cuidando, ele se esquece dos remédios, come coisas como caviar, que o médico proibiu, e fica jogando cartas até altas horas da madrugada.

— Ah, o que é isto? Quando foi que eu fiz isso? — ele perguntava muito irritado. — Só uma vez na casa de Piotr Ivanovich.

— Ah, é mesmo? E o que fez ontem na casa de Chebek?

— O que importa? Eu não teria mesmo conseguido dormir por causa dessa maldita dor...

— Que seja, dessa forma você não melhora e nos torna ainda mais infelizes.

Praskovya Fiodorovna expressava sua opinião em relação à doença de Ivan Ilitch de forma bastante clara, sugerindo que toda a situação era culpa dele e apenas mais um dos muitos incômodos que ele causava para ela.

Ivan Ilitch notava que ela deixava esses sentimentos escaparem involuntariamente, mas, mesmo assim, não deixavam de magoá-lo profundamente.

No Tribunal, Ivan Ilitch começou a notar algo estranho ao seu redor. Percebeu que as pessoas o olhavam de maneira curiosa, como se soubessem de algo que ele próprio ainda não compreendia completamente. Por vezes, tinha a sensação de que estavam se preparando para algo, como se ele estivesse prestes a deixar suas responsabilidades. Isso o deixava inquieto e, para piorar, seus colegas passaram a fazer brincadeiras sobre seu nervosismo, como se o desconforto que ele sentia por dentro fosse algo engraçado. Especialmente Schwartz, com sua energia e humor, o incomodava ao lembrá-lo de como ele mesmo costumava ser há dez anos.

Os colegas se reuniam para uma partida de cartas, todos ansiosos para começar. Sentavam-se ao redor da mesa, embaralhavam as cartas habilmente para deixá-las mais fáceis de manusear. Ivan Ilitch separava os naipes e notava que tinha sete cartas de ouro. Seu parceiro perguntava:

— Nenhum trunfo? — E ele entregava duas cartas de ouro. Seria possível haver uma jogada melhor? O jogo prometia ser emocionante e animado, talvez fizessem um *grand slam*, uma jogada que poderia trazer grande vitória.

De repente, Ivan Ilitch é tomado pela lembrança da dor persistente em seu corpo e do gosto desagradável em sua boca. Ele acha absurdo que, nessas condições, possa encontrar qualquer alegria em uma jogada tão empolgante quanto um *grand slam*. Observa seu parceiro, Mihail Mihailovich, batendo suavemente na mesa com suas mãos confiantes. Ao invés de jogar as cartas na mesa, como de costume, Mihailovich gentilmente empurra as cartas em direção a Ivan Ilitch, como se ele estivesse muito fraco para esticar o braço.

"Será que ele acha que estou tão debilitado a ponto de não conseguir pegar as cartas?", diz Ivan Ilitch a si mesmo enquanto deixa passar as cartas mais altas, utilizando as do parceiro e perdendo a grande oportunidade por três pontos.

A situação é dolorosa porque Ivan Ilitch nota a irritação de Mihail Mihailovich, mas não sente a mesma intensidade de emoção em relação à perda na jogada. Esse distanciamento emocional reflete como a doença afetou sua capacidade de se envolver plenamente nas atividades e emoções que antes lhe traziam alegria e empolgação. É uma tristeza profunda perceber que algo tão simples como uma partida de cartas já não é mais capaz de gerar o mesmo entusiasmo e preocupação emocional como antes.

Todos percebem que ele está passando por dificuldades e dizem: "Podemos parar se você estiver cansado. Descanse um pouco". Descansar? Não, ele não está nada cansado, estão terminando a partida. Todo mundo está sombrio e silencioso. Ivan Ilitch sente que desencadeou essa tristeza sobre eles e não consegue dissipá-la. Eles jantam e vão embora, e Ivan Ilitch fica sozinho com a consciência de que sua vida está envenenada e envenena a vida dos outros, e que esse veneno não enfraquece, mas penetra cada vez mais em todo o seu ser.

Essa percepção sombria, aliada à dor física e ao medo crescente, o acompanha todas as noites quando vai para a cama. Mesmo tentando dormir, a maior parte do tempo é dedicada a sentir a dor que o consome. E pela manhã, não importa o quanto ele queira evitar, precisa enfrentar o dia com suas responsabilidades no Tribunal, seja falando, escrevendo ou apenas permanecendo em casa, o que se traduz em mais um dia inteiro de sofrimento. Assim, ele se vê à beira do abismo, solitário, sem encontrar compreensão ou compaixão em ninguém ao seu redor.

Capítulo 5

Os meses se arrastaram sem grandes mudanças. Pouco antes do Ano Novo, o cunhado de Ivan Ilitch veio à cidade para passar alguns dias com eles. Ivan Ilitch estava ocupado no tribunal, enquanto Praskovya Fiodorovna saíra para fazer compras. Ao retornar a casa, entrou no escritório e encontrou seu cunhado lá, um homem robusto e bem-apessoado, desfazendo sua mala. Ele ergueu a cabeça ao ouvir os passos de Ivan Ilitch e, por um breve instante, seus olhares se encontraram em silêncio. Naquele momento, tudo foi comunicado. O cunhado parecia prestes a dizer algo, mas se conteve, e esse gesto foi eloquente o suficiente.

— Eu mudei bastante, não é mesmo?

— Sim... você está mesmo diferente.

Apesar dos esforços de Ivan Ilitch para retomar a conversa, seu cunhado permaneceu calado. Quando Praskovya retornou, ela e o irmão foram para o quarto. Ivan Ilitch fechou a porta atrás deles e se aproximou do espelho. Ele se observou atentamente, de frente e de lado. Em seguida, pegou uma fotografia antiga com sua esposa e a comparou com o seu reflexo. A diferença era chocante. Então arregaçou as mangas e examinou os braços, mas logo os deixou cair, profundamente abatido, sentando-se com um peso no coração.

"Isso não pode ser real". Pensou consigo mesmo e se levantou. Depois se dirigiu à mesa, pegou um documento oficial e tentou lê-lo, mas sua mente estava turva. Deixou o documento de lado, saiu do escritório e foi até a sala de estar. Ao chegar lá, encontrou a porta fechada. Aproximou-se silenciosamente e se inclinou para escutar a conversa que ocorria do outro lado.

— Você está aumentando as coisas — dizia Praskovya Fiodorovna.

— Aumentando? Você mesmo pode ver: ele está quase moribundo! Já reparou nos olhos dele? Eles não têm mais vida. Qual é a doença que ele tem?

— Ninguém sabe ao certo. O doutor Nikolayev falou sobre algo, mas ainda não sei do que se trata. Já o doutor Leshchetitsky, muito reconhecido, falou o contrário.

Ivan Ilitch voltou para o quarto, deitou-se e ficou matutando: "O rim, um rim flutuante". As palavras dos médicos sobre o rim deslocado ecoavam em sua mente. Tentava se imaginar, de forma meio absurda, pegando o rim e o colocando de volta no lugar. Era uma imagem estranha, mas persistente. E sacudiu a cabeça para afastar os pensamentos. "Não adianta", murmurou para si mesmo. "Preciso ver Piotr Ivanovich novamente". Rapidamente, chamou um criado, pedindo que preparasse o trenó, enquanto se aprontava para sair.

— Aonde você vai, Jean[1]? (Ela o chamava de Jean ocasionalmente) — perguntou a esposa, com um tom incomumente triste e uma expressão estranhamente gentil.

Essa gentileza inesperada o encheu de raiva. Ele a olhou seriamente.

— Vou ver Piotr Ivanovich!

Foi até a casa do amigo, que o acompanhou até o consultório médico. Lá, Ivan Ilitch teve uma longa conversa com o médico. Discutiram os detalhes físicos e psicológicos do que estava acontecendo com ele, e então pôde entender tudo. Havia apenas um pequeno problema no apêndice, algo sem grande importância. Tudo ficaria bem. Era apenas uma questão de estimular um órgão que

---

[1] "Jean", em francês, é uma variação do nome "João", assim como "Ivan". (N. E.)

não estava funcionando corretamente, examinar o outro, e tudo se resolveria.

Chegou tarde para o jantar, mas assim que se acomodou à mesa, foi imediatamente envolvido pela animada conversa. Mesmo quando teve que retornar ao escritório para suas obrigações, havia uma sensação incômoda de que algo importante ficara para trás, um assunto pessoal que precisava de sua atenção imediata. Concluindo suas tarefas, percebeu que esse assunto pendente era a sua própria saúde, mas decidiu não se deixar abater. Em vez disso, escolheu participar do chá na sala com as visitas, incluindo o juiz de instrução. A noite passou de maneira agradável, com música e conversa; Ivan Ilitch estava visivelmente de alto astral. No entanto, mesmo envolvido nessa atmosfera animada, não conseguia afastar da mente a preocupação com seu apêndice. Às onze horas, despediu-se e foi para o quarto. Passara a dormir sozinho desde a doença, em um pequeno quarto ao lado de seu escritório. Foi, despiu-se e pegou um romance de Zola, mas não leu; ficou pensando. E em sua imaginação ocorreu aquela desejada cura do apêndice. Fora absorvido, excretado e sua atividade adequada foi restaurada. "Sim, é tudo verdade", disse para si mesmo. "Só precisamos ajudar a natureza." Lembrou-se do remédio, levantou-se, tomou-o, deitou-se de costas, repetindo como o tratamento era benéfico e como eliminava a dor. "Apenas aceite e evite influências prejudiciais; já me sinto um pouco melhor, muito melhor." Começou a apalpar sua lateral; não doía ao toque. "Sim, não sinto, realmente, está muito melhor." Apagou a vela e deitou-se de lado... O apêndice foi curado e absorvido. De repente, sentiu uma dor familiar, antiga, surda e dolorosa, persistente, silenciosa, séria. O mesmo gosto ruim familiar na boca. O coração ficou sombrio e a cabeça ficou confusa. "Meu Deus, meu Deus!", disse. "De novo, de novo e nunca para". E de repente a situação se apresentou a ele de uma perspectiva completamente diferente. "Apêndice? Rim?", disse a si mesmo. "Não se trata do apêndice, não se trata do rim, trata-se de vida ou... morte. Sim, havia vida e agora ela está indo embora, indo embora, e não consigo segurá-la. Sim. Por que se enganar? Não é óbvio para todos, exceto para mim, que estou morrendo, e a única questão é o número de semanas, dias — agora, talvez. Havia luz, mas agora há escuridão. Então eu estava aqui e agora estou lá! Onde?" Ele foi dominado pelo frio e sua respiração parou. Ele só ouviu batimentos cardíacos

"Eu não existirei mais, então o que vai acontecer? Nada vai acontecer. Então, onde estarei quando partir? É realmente a morte? Não, eu não quero". Deu um pulo, quis acender uma vela, se atrapalhou com as mãos trêmulas, deixou cair o castiçal e deitou-se sobre os travesseiros. "Para quê? Não importa", disse a si mesmo, olhando para a escuridão com os olhos abertos. "Morte, sim, morte. E eles não reconhecem nada, não querem saber e não se arrependem. Eles estão jogando". (Ouviu vozes distantes e músicas atrás da porta.) "Eles não se importam, mas também morrerão. Tolos. Agora eu, mas depois eles; passarão pelo mesmo que passei. E eles estão felizes. Ovelhas!" A raiva o sufocou. E tornou-se insuportavelmente dolorosa, insuportavelmente difícil para ele. "Não é possível que todos estejam sempre condenados a esse medo terrível". Levantou-se.

"Preciso me acalmar e repassar tudo desde o início!" E começou a refletir: "Sim, o início da minha doença. No começo, bati o lado e estava tudo bem, apenas uma pequena dor. Mas então piorou. Consultei médicos, afundei na depressão, a infelicidade se tornou minha companhia constante, e a cada consulta eu me aproximava, sem perceber, ainda mais desse abismo. Comecei a enfraquecer. Cada vez mais perto! E agora estou definhando, sem mais luz nos meus olhos. A morte ao meu lado e eu preocupado com o apêndice! Preocupado em fazer os intestinos funcionarem enquanto a morte bate à minha porta. Mas será mesmo isso a morte?" O terror o dominou novamente, e ele respirou com dificuldade. Sentado para procurar os fósforos, acidentalmente bateu com o cotovelo na mesa de cabeceira; ela o feriu, e ele, com raiva, a fez cair. Desesperado e sem fôlego, acabou se rendendo à espera da morte naquele momento.

Enquanto isso, os convidados se despediam e Praskovya Fiodorovna os acompanhava até a porta.

Ao ouvir um barulho vindo do quarto, ela entrou apressadamente.

— O que houve? — perguntou.

— Nada, eu derrubei algo sem querer.

Praskovya saiu e voltou com uma vela acesa. Ele estava deitado na cama, respirando com dificuldade como se tivesse acabado de correr uma maratona, e seus olhos a fitavam intensamente.

— O que foi, Jean? — perguntou novamente.

— Nada, já disse. Eu me virei! ("Por que falar sobre isso? Ela não vai entender mesmo.")

Ela realmente não conseguia compreender. Praskovya pegou a vela e a acendeu para ele, depois saiu apressada para se despedir de outro convidado. Ao voltar, encontrou-o ainda deitado na mesma posição, seus olhos fixos no teto, perdidos em pensamentos profundos.

— O que aconteceu? Está se sentindo pior? — indagou.

— Sim! — ele seguiu respondendo com veemência.

Praskovya balançou a cabeça e se sentou ao lado dele.

— Jean, acho que seria melhor que chamássemos o Leshchetitsky até aqui.

Isso significava mandar buscar o famoso especialista, sem se importar com o custo.

— Não. — ele respondeu com um sorriso maldoso.

Praskovya permaneceu sentada por mais alguns instantes, depois se aproximou e beijou sua testa. Enquanto recebia o carinho, ele sentiu uma onda de ódio percorrendo todo o seu ser. Mal conseguia conter o impulso de afastá-la com força.

— Boa noite — ela disse. — Se Deus quiser, você dormirá bem!

— Sim. — respondeu secamente.

Capítulo 6

Ivan Ilitch estava consciente de sua morte iminente e isso o aterrorizava. No fundo, ele sabia que estava partindo, mas muito longe de aceitar essa realidade, ele não a conseguia compreender bem.

O silogismo que aprendeu nas aulas de lógica com Kiezewetter — "Caio é um homem, os homens são mortais, logo Caio é mortal" — sempre pareceu claro e lógico para Caio, mas não para ele mesmo. A ideia de que Caio, uma figura abstrata, fosse mortal, era óbvia; porém, ele não era Caio, não era uma simples generalização. Sempre foi um indivíduo único e especial.

Ele recordava sua infância como o pequeno Vanya[2], com sua família amorosa e seus brinquedos favoritos, os ensinamentos do tutor e os cuidados da babá. Depois veio Kátia, trazendo consigo todas as alegrias da juventude e as paixões da vida. Como poderia Caio entender o cheiro da bola de couro que Vanya adorava? Será que Caio sentiu o toque suave da mão de sua mãe e ouviu o som das saias de seda dela? Foi Caio quem participou dos protestos como estudante de Direito? Foi Caio quem se apaixonou e presidiu as sessões do tribunal? Caio, sem dúvida, era mortal, e talvez fosse justo que ele morresse, mas ele, Vanya, Ivan Ilitch, com toda a sua complexidade de pensamentos e sentimentos, era diferente. Isso não podia ser verdade, seria uma terrível simplificação.

Era assim que se sentia.

"Se eu tivesse que morrer, como Caio, alguém deveria ter me avisado antes. Uma voz interior deveria ter me alertado desde o início. Mas não havia nada em mim que indicasse isso; eu e meus amigos sempre achamos que nosso caso seria diferente. E agora... Não... não pode ser, mas é! Como entender isso?"

Ele lutava para compreender, tentando afastar os pensamentos sombrios e desesperados, substituindo-os por outros mais razoáveis e saudáveis. No entanto, a

---

2 "Vanya", em russo, é o diminutivo de "Ivan". O equivalente em português seria "Ivanzinho". (N. E.)

ideia — e a realidade — voltava constantemente para assombrá-lo.

Desesperadamente, buscava outros pensamentos para afastar esses, na esperança de encontrar algum alívio. Procurava recuperar antigas ideias que antes o protegiam da noção da morte. No entanto, estranhamente, tudo o que antes ocultava e dissipava o medo da morte já não tinha o mesmo efeito. Ivan Ilitch passava a maior parte do tempo tentando reencontrar a antiga proteção mental que mantinha a morte afastada de sua vista. Dizia a si mesmo: "Vou me dedicar ao meu trabalho, afinal, eu vivia para isso mesmo!" Assim, foi se afastando das dúvidas e se dirigindo ao Tribunal. Enquanto conversava com seus colegas, Ivan Ilitch se acomodava em sua cadeira com uma expressão distraída, como de costume. Observava as pessoas ao redor com um olhar pensativo e, apoiando suas mãos magras no braço da cadeira, inclinava-se em direção a um colega. Ele puxava os papéis para mais perto de si e sussurrava, trocando impressões. Então, sem mais nem menos, levantava os olhos e se endireitava na cadeira, dando início à sessão.

Ainda assim, no meio de toda essa situação, a dor lateral surgia e se impunha, independentemente do que estivesse fazendo. Ivan Ilitch lutava para afastá-la de sua mente, mas ela persistia, implacável. Era como se a dor tivesse vida própria, como se o confrontasse em cada momento; uma sensação que o deixava paralisado pelo medo, fazendo com que ele duvidasse da sua própria realidade. Seus colegas e subordinados observavam, surpresos e entristecidos, enquanto o juiz brilhante parecia perder sua clareza mental, cometendo erros que antes eram impensáveis. Ele tentava reunir suas forças para encerrar a sessão, mas a certeza sombria o acompanhava para casa: o trabalho já não era mais um refúgio seguro. Nenhuma atividade poderia mais o proteger da dor que o assombrava implacavelmente. Para Ivan Ilitch, a situação só piorava. A dor persistia em exigir sua atenção, não com o propósito de solucionar, mas apenas para forçá-lo a encará-la de frente. E lá estava ele, impotente diante desse tormento, incapaz de fazer mais do que sofrer em silêncio, sem palavras para descrever a intensidade desse sofrimento.

Dentro desses sentimentos de angústia e incerteza que estavam diante de si, Ivan Ilitch buscava desesperadamente um refúgio que parecia cada vez mais fugidio. Cada tentativa meticulosamente planejada para afastar a dor oferecia apenas um alívio momentâneo, o que o deixava ainda mais desamparado diante da sombra implacável da agonia, que penetrava em cada recanto de sua mente, minando qualquer esperança de paz duradoura.

Naqueles dias, ele se arrastava até a sala de visitas, um espaço cuidadosamente decorado por suas próprias mãos. No entanto, a ironia do destino não o deixava esquecer: aquele recinto, onde uma queda aparentemente insignificante desencadeou sua lenta deterioração física e emocional, agora servia como um lembrete constante de sua vulnerabilidade e da dor que o consumia sem piedade.

Quando percebia que a mesa estava arranhada, Ivan sentia um impulso quase obsessivo de corrigir o dano. Identificava rapidamente a causa: um álbum fora do lugar. Num gesto ágil, ele o reposicionava meticulosamente. Entretanto, a irritação com a negligência da filha e de suas amigas tingia a breve calma de ressentimento. Decidia reorganizar os álbuns impulsivamente, movendo-os para um canto da sala adornado por plantas. A ajuda do criado logo se tornava dispensável, acompanhada pela presença da esposa ou de sua filha Liza que vinha em socorro. Mas, como sempre, surgiam discordâncias inevitáveis, gerando mais frustração e raiva.

Quando estava movendo as coisas novamente, sua esposa dizia: "Deixe as pessoas fazerem isso, você vai se machucar de novo"; de repente, "ela" aparecia no biombo, ele a via. Era um brilho fugaz; ele ainda esperava que ela desaparecesse, mas involuntariamente apalpava a lateral de seu corpo — tudo estava ali, ainda doendo, e ele não conseguia mais esquecer. Ela estava claramente olhando para ele por trás das flores. "Para que serve tudo isso?"

"E é verdade que aqui, nesta cortina, perdi a vida, como se atacasse um forte. Realmente? Que terrível e que estúpido! Isso não pode ser! Não pode ser, mas é."

De volta ao seu quarto, Ivan se deita, buscando refúgio no sono. Mas a agonia o acompanha implacavelmente. Frente a frente com a dor, ele se sente impotente, incapaz de escapar do sofrimento que o consome.

Capítulo 7

É difícil dizer como tudo começou, pois aconteceu lentamente, quase imperceptivelmente. No terceiro mês da doença de Ivan Ilitch, sua esposa, filha, filho, empregados, amigos, médicos e ele próprio perceberam que sua única preocupação era saber quando ele finalmente partiria, libertando os vivos do incômodo de sua presença e a si mesmo do sofrimento.

Dormia cada vez menos; começaram a administrar ópio e injeções de morfina, mas nada aliviava sua dor. A angústia surda que sentia em seu estado semiconsciente inicialmente trouxe-lhe algum conforto pela mudança, mas logo se tornou tão angustiante quanto a própria dor, ou até mais. Seguiam rigorosamente as ordens médicas preparando-lhe refeições especiais, mas esses pratos se tornavam cada vez mais insípidos e repulsivos para ele.

Medidas especiais foram adotadas para ajudá-lo com suas necessidades fisiológicas, o que lhe causava um constante sofrimento: pela sujeira, pela inconveniência, pelo cheiro e por saber que outra pessoa tinha que ajudá-lo. No entanto, essa mesma inconveniência trouxe-lhe algum conforto. Gerassim, o jovem camponês que servia à mesa, era quem sempre cuidava dele. Era um rapaz forte e saudável, graças à alimentação simples da sua aldeia, e estava sempre bem-disposto. No início, a visão do jovem em suas roupas de camponês limpas, realizando aquela tarefa desagradável, deixou Ivan Ilitch envergonhado.

Em uma certa ocasião, tentando se levantar do banheiro, estava tão fraco que não conseguiu subir suas calças. Precisou se sentar em uma cadeira baixa e olhou com horror para suas coxas nuas e frágeis, com os músculos magros visíveis. Gerassim entrou com passos cuidadosos, porém firmes, trazendo consigo o suave aroma de terra impregnado em suas botas e o frescor revigorante do inverno. Seu avental de tecido rústico, impecavelmente limpo, contrastava com a simplicidade de sua camisa de algodão, com as mangas habilmente arregaçadas, expondo seus vigorosos braços jovens. Num gesto de respeito pelos sofrimentos de Ivan Ilitch, ele desviou o olhar, ocultando a vitalidade que transbordava em seu rosto. Sem quebrar o silêncio, dirigiu-se ao banheiro com determinação.

— Gerassim — chamou-o Ivan Ilitch com uma voz bem fraca.

O jovem parou abruptamente, temendo ter cometido algum erro. Com um gesto suave, virou seu rosto fresco, calmo e simples na direção do doente. Sua barba, ainda incipiente, apenas começava a brotar, adicionando um toque de juventude e inocência à sua expressão preocupada.

— Senhor?

— Sinto muito por isso. Deve ser muito desagradável para você. Por favor, me desculpe, mas não posso fazer nada.

— Não se preocupe, senhor! — disse ele com um sorriso genuíno e olhos brilhantes. — Isso não me incomoda. É apenas uma doença, e não há muito o que fazer sobre isso.

Com mãos habilidosas, Gerassim completou sua tarefa com uma leveza impressionante e saiu do quarto sem fazer barulho, retornando cinco minutos depois com a mesma suavidade, como se fosse uma brisa silenciosa. Ivan Ilitch permaneceu sentado na cadeira.

— Gerassim — chamou-o novamente após a limpeza — por favor, venha me ajudar! — Gerassim se aproximou.

— Por favor, venha me levantar. É bem difícil sozinho e eu já liberei o Dimitri.

Gerassim se aproximou e, com a mesma suavidade habitual, levantou Ivan Ilitch com seus braços fortes. Com uma mão, segurou-o firmemente e, com a outra, ajeitou suas roupas. Quando estava prestes a colocá-lo de volta na cadeira, Ivan Ilitch pediu para ser levado ao sofá. Com uma firmeza serena, Gerassim o carregou até o sofá e o acomodou de maneira que ficasse confortável.

— Agradeço. Você é sempre tão cuidadoso e atencioso.

Gerassim sorriu novamente e começou a sair. Mas Ivan Ilitch sentia tanto alívio na presença dele que não queria deixá-lo ir.

— Ah, só mais uma coisinha. Pode colocar aquela cadeira mais perto de mim, por favor? Não, não essa. A outra, aquela que está debaixo dos meus pés. Eu me sinto melhor com os pés elevados.

Gerassim buscou a cadeira e a posicionou onde era preciso, gentilmente elevando as pernas de Ivan Ilitch sobre ela. Assim que suas pernas foram erguidas, Ivan Ilitch sentiu uma sensação de alívio imediato, uma calma reconfortante que o envolveu.

— Sabe, é bem mais confortável com os pés para cima. Você poderia colocar aquela almofada aqui embaixo, por favor?

Gerassim se dirigiu até onde a almofada estava guardada, e então, com cuidado, levantou novamente as pernas de Ivan Ilitch para acomodá-la embaixo delas. Nesse momento, Ivan Ilitch sentiu claramente o alívio que aquela simples ação proporcionava, especialmente quando Gerassim segurava suas pernas firmemente. A diferença era notável: o desconforto retornava toda vez que Gerassim as soltava.

— Gerassim, o que você está fazendo agora?

— Nada demais, senhor! — respondeu Gerassim, que tinha aprendido como falar com os patrões com os outros empregados.

— O que mais você precisa fazer?

— O que mais? Já fiz tudo, senhor. Só falta terminar de cortar a lenha para amanhã!

— Ah, se é assim, levante as minhas pernas mais um pouco, pode ser?

— Claro, senhor — Gerassim ergueu as pernas de Ivan Ilitch mais alto, o qual sentiu que nessa posição não havia dor.

— E a lenha?

— Não se preocupe com isso, senhor. Há tempo suficiente.

Ivan Ilitch estava se sentindo confortável na presença de Gerassim e lhe pediu, gentilmente, para que se sentasse e segurasse suas pernas enquanto conversavam.

Ele notou como o simples ato de sentir o toque de Gerassim lhe trazia uma sensação reconfortante.

Após esse momento, Ivan Ilitch passou a chamar Gerassim com frequência, solicitando que ele colocasse suas pernas sobre os ombros durante suas conversas. Ele apreciava muito esses momentos de conexão com Gerassim, pois o faziam se sentir bem. Gerassim, com sua calma, gentileza e simplicidade, tocava profundamente Ivan Ilitch, contrastando com a arrogância e vitalidade de outras pessoas que o irritavam.

Contudo, o que mais perturbava Ivan Ilitch era a falsidade e a negação de sua condição. Ele sabia que estava morrendo, mas todos ao seu redor fingiam que apenas estava doente e poderia se recuperar. Essa negação da verdade o magoava profundamente, pois ele via a agonia e o sofrimento que estavam por vir. Sentia-se angustiado com a falta de sinceridade; o teatro em torno de sua morte que trivializava algo tão solene. As visitas, os adornos extravagantes, como as cortinas e o caviar para o jantar, deixavam tudo ainda mais doloroso para ele.

Ivan Ilitch estava cercado por uma teia de fingimentos e hipocrisias enquanto lutava em seu leito. Ele ansiava por um grito verdadeiro, um reconhecimento da realidade que o assolava: sua morte iminente. Mas as regras sociais e a etiqueta impediam que expressasse seus verdadeiros sentimentos. A morte, vista como algo inconveniente e desconfortável, era escondida por uma cortesia falsa. Ninguém ousava abordar o assunto. Só Gerassim entendia sua situação e tinha pena dele. E, com isso, Ivan Ilitch se sentia bem apenas com Gerassim. Era bom para ele quando Gerassim, às vezes a noite toda, segurava suas pernas e não queria ir embora, dizendo: "Não se preocupe, Ivan Ilitch, vou dormir mais tarde"; ou quando ele, de repente, abandonava as formalidades e, tratando o patrão por "você", acrescentava: "Se você não estivesse doente, seria outra conversa, mas por que não ajudar nesta situação?" Só Gerassim não mentia; ficava claro que apenas ele entendia o que estava acontecendo, e não considerava necessário esconder; simplesmente sentia pena do patrão fraco e esgotado. Ele até disse diretamente uma vez, quando Ivan Ilitch o mandou embora:

— Todos nós morreremos. Por que não cuidar? — disse ele, expressando, com isso, que não estava sobrecarregado com o seu trabalho justamente porque o fazia para um moribundo, e esperava que alguém, em seu tempo, fizesse o mesmo por ele.

Além dessa mentira, ou em consequência dela, o mais doloroso para Ivan Ilitch era que ninguém tinha tanta pena dele quanto ele queria. Em outros momentos, depois de muito sofrimento, ele queria, mais do que tudo — por mais envergonhado que estivesse de admitir isso —, que alguém tivesse pena dele, como uma criança doente. Queria ser acariciado, beijado e chorado, como as crianças são acariciadas e consoladas. Ele sabia que era um membro importante da sociedade, que tinha uma barba grisalha e que isso era, portanto, impossível; mas ele ainda queria. Em sua relação com Gerassim, todavia, havia algo próximo disso, e por isso ela o consolava. Ivan Ilitch queria chorar, queria ser acariciado, e então chegava um colega de trabalho, Chebek, e, em vez de chorar e ser acariciado, Ivan Ilitch fazia uma cara séria, severa, pensativa e, por inércia, exprimia a sua opinião sobre o significado da decisão de cassação, e insistia obstinadamente nela. Essa mentira ao seu redor e em si mesmo envenenava os últimos dias da vida de Ivan Ilitch.

Capítulo 8

Quando amanheceu, Ivan Ilitch notou a chegada de um novo dia ao ver que Gerassim já havia saído e Piotr, o outro criado, entrava para apagar as velas e abrir uma das cortinas. Ele iniciava sua rotina de arrumação em silêncio, sem se importar com a distinção entre manhã e noite, ou entre dias úteis e fins de semana. Tudo parecia uma monotonia dolorosa para Ivan Ilitch, uma dor persistente que não dava trégua, acompanhada pela consciência da vida escapando lentamente, mesmo que ainda não tivesse chegado ao seu término. A morte, temida e repudiada, se aproximava inexoravelmente, enquanto ele se via preso em uma rede de mentiras.

— Deseja seu chá, senhor? — Piotr perguntou, tentando cumprir as formalidades matinais.

"Ele está apenas fazendo o seu trabalho, incluindo oferecer o chá da manhã ao patrão", Ivan Ilitch pensou, e disse apenas:

— Não.

— Posso ajudar o senhor a se acomodar no sofá? — insistiu Piotr.

"Ele precisa arrumar o quarto, e eu estou atrapalhando, estou sujo, uma bagunça", pensou, e disse apenas:

— Não. Me deixa quieto.

Mesmo assim, Piotr continuou com suas tarefas. Ivan Ilitch estendeu o braço em direção a ele.

— O que deseja, senhor? — perguntou Piotr, prontamente disposto a atender ao pedido.

— Meu relógio.

Piotr pegou o relógio próximo e o entregou ao patrão.

— São oito e meia. Alguém já se levantou?

— Ninguém, exceto Vladimir Ivanovich, que já foi para a escola. A senhora deixou instruções para ser acordada caso precise de algo. O senhor quer que eu a acorde?

— Não, não precisa. "Talvez seja melhor tomar um chá", pensou. — Por favor, traga-me um chá.

Piotr fez menção de sair. Ivan Ilitch ficou com medo de ficar sozinho. "O que podemos fazer para detê-lo? Sim, remédio".

— Piotr, me dá o remédio.

"Ora, talvez o remédio também ajude." Ele pegou uma colher e bebeu. "Não, não vai ajudar. É tudo bobagem, um engano", decidiu ele assim que sentiu o gosto familiar, enjoativo e desesperador. "Não, eu realmente não posso acreditar". Mas a dor, ah!, a dor, mesmo que apenas por um minuto, iria diminuir. Ele gemeu, e Piotr hesitou.

— Não, vá. Traga um pouco de chá

Piotr saiu. Ivan Ilitch, deixado sozinho, gemia não tanto de dor, por mais terrível que fosse, mas de angústia. "Tudo é igual e igual, todos esses dias e noites intermináveis. Se pelo menos fosse logo. O que virá logo? Morte, escuridão. Não, não. Qualquer coisa é melhor que a morte!"

Quando Piotr voltou com o chá em uma bandeja, Ivan Ilitch o encarou com uma expressão confusa por um instante, tentando reconhecê-lo. O constrangimento de Piotr ao sentir esse olhar trouxe Ivan Ilitch de volta à realidade de seu cotidiano, mergulhado em dor e angústia intermináveis.

— Ah, claro! O chá. Ótimo! Coloque ali, por favor. Só me ajude a me limpar e a vestir uma camisola limpa.

Ivan Ilitch começou a sua rotina matinal, lavando-se com pequenas pausas para descansar. Primeiro as mãos, em seguida o rosto; escovou os dentes meticulosamente e arrumou o cabelo. Ao se deparar com sua imagem no espelho, ficou surpreso, especialmente ao notar o pouco cabelo que restava na testa pálida.

Trocando de camisa, Ivan Ilitch evitava olhar diretamente para seu corpo, com medo de encarar a realidade de sua condição física. Depois de se vestir, colocou o robe, cobriu seu corpo com uma manta e se sentou na poltrona para tomar seu chá. Por um breve momento, sentiu um leve alívio, mas logo o gosto amargo e a dor voltaram. Com dificuldade, terminou a bebida, esticou as pernas e, se recostando, deixou Piotr se retirar.

Era sempre o mesmo roteiro: um instante de esperança seguido por uma onda de desespero, dor incessante e sofrimento sem fim. O sofrimento solitário era insuportável. Embora Ivan Ilitch desejasse companhia, sabia que a presença de outras pessoas só tornaria tudo ainda mais penoso. "Se ao menos pudesse ter mais morfina para adormecer um pouco, é impossível continuar assim, simplesmente impossível", pensou ele, considerando falar com o médico sobre isso. Uma hora se passou, depois outra. A campainha da porta da frente soou. Seria o médico? Sim, era ele. Saudável, com aparência animada e bastante adiposo. Mas Ivan Ilitch percebia o fingimento por trás daquela expressão confiante, que dizia "você está com medo de alguma coisa, e agora vamos arrumar tudo para você". O médico sabia que aquela expressão não cabia ali, mas já a vestira de uma vez por todas e não poderia tirar, como quem veste fraque pela manhã e vai fazer visitas. O médico esfregva as mãos de forma alegre e reconfortante.

— Que frio! Está uma friagem forte. Deixe-me esquentar — disse ele com uma expressão tal que é como se bastasse esperar um pouco até esquentar, e quando estivesse quente, ele poderia consertar tudo. O médico perguntou: — Como estamos hoje?

Ivan Ilitch sente que o médico quer dizer: "Como vai você?", mas também sente que é impossível falar dessa forma; o médico pergunta: — Como você passou a noite?

Ivan Ilitch olha para ele com uma expressão interrogativa: "Você não tem um pingo de vergonha de mentir?"

Mas o médico parece não entender a questão.

Ivan Ilitch responde:

— Tão ruim quanto a de ontem. A dor não tem fim, gostaria que fosse possível fazer algo sobre isso.

— Todos os doentes são assim mesmo. Minhas mãos já estão aquecidas, e até Praskovya Fiodorovna, que detesta mãos frias, não poderia falar nada sobre as minhas. Já posso cumprimentar o pobre Ivan.

Deixando de lado as brincadeiras, o médico começa a fazer exames no doente. Faz a auscultação, mede seu pulso e temperatura. Ivan Ilitch sabia que tudo aquilo era encenação, mas ainda se submetia ao ritual como se estivesse acostumado a encarar falsidades, assim como enfrentava os discursos dos advogados no tribunal, ciente das mentiras por trás das palavras. O médico ainda estava debruçado no sofá, ouvindo atentamente, quando o farfalhar da saia de seda de Praskovya Fiodorovna foi ouvido, junto com sua voz repreendendo Piotr por não tê-la avisado da chegada do médico. Ela entrou, beijou o marido e imediatamente começou a explicar que já estava acordada há muito tempo e que, por algum mal-entendido, não pôde estar presente quando o médico chegou.

Ivan Ilitch a observa cuidadosamente, notando a pureza, suavidade e maciez de seus braços e pescoço, seus cabelos fartos e o brilho intenso de seus olhos. Sentia um amargor crescente ao perceber esses detalhes, detestando-a profundamente. Quando ela o tocou, foi tomado por um espasmo de ódio.

Sua postura em relação à doença e ao paciente permanecia inflexível. Assim como o médico havia adotado uma abordagem distante e padronizada, ela também mantinha uma atitude fixa: acreditava que ele não estava fazendo o suficiente e era o único culpado por sua situação, enquanto tentava corrigi-lo com amor. Essa dinâmica não se alterava, independentemente de quão grave fosse a condição de Ivan Ilitch.

— Você viu só? Ele simplesmente não me ouve, não toma o remédio na hora certa. E o que é pior, agora inventou de se deitar numa posição que deve fazer muito mal, com as pernas para cima — disse ela, descrevendo como Ivan Ilitch pedia para Gerassim levantar suas pernas.

O médico sorriu com condescendência, como se quisesse dizer: "Lidar com os caprichos dos doentes realmente não é fácil, não é? Mas precisamos ter paciência".

Quando o exame terminou, o médico deu uma olhada no relógio. Praskovya aproveitou para anunciar que ela havia consultado um renomado especialista para examiná-lo, o qual se reuniria mais tarde com Mihail Danilovich (o médico da família).

— Por favor, não faça objeções. Estou fazendo isso por mim, — insistiu ela, dando a entender que era por ele, mas, na verdade, era para satisfazer seus próprios desejos. Ivan Ilitch permaneceu em silêncio e sentiu como se estivesse preso em uma teia de falsidade tão densa que parecia impossível escapar.

Todas as ações dela em relação a ele eram puramente egoístas, embora ela sempre afirmasse que estava agindo em seu benefício, o que era claramente o oposto da verdade.

Lá pelas onze e meia, o famoso especialista finalmente chegou. Mais exames minuciosos e discussões sérias vieram depois, centrando-se em questões médicas secundárias em vez de enfrentar a cruel realidade da vida e da morte que Ivan Ilitch encarava. Enquanto o médico tentava remediar problemas menores, Ivan Ilitch ansiava desesperadamente por uma resposta sobre sua própria sobrevivência.

O famoso especialista despediu-se com um olhar sério, mas não sem esperança. E à tímida pergunta que Ivan Ilitch lhe fez com olhos brilhantes de medo e esperança, se havia possibilidade de recuperação, ele respondeu que não podia garantir, mas havia possibilidade. O olhar de esperança com que Ivan Ilitch se despediu do médico foi tão emocionado que, ao vê-lo, Praskovya Fiodorovna até começou a chorar, saindo pela porta do consultório para entregar os honorários ao famoso especialista.

A breve esperança trazida pelo médico logo se desvaneceu. A mesma sala, com os mesmos quadros, cortinas, papel de parede e frascos de remédio estava lá, assim como o corpo dolorido e sofrido de Ivan Ilitch. Os gemidos de dor preencheram o ambiente enquanto ele recebia uma injeção subcutânea que o deixava inconsciente. Quando recuperou a consciência, já estava escuro. Seu jantar foi trazido e ele se forçou a engolir um pouco de caldo de carne, enquanto mais uma noite se aproximava inexoravelmente.

Depois do jantar, por volta das sete da noite, Praskovya Fiodorovna entrou no quarto já arrumada para sair, com um sorriso misturado de satisfação e um toque de culpa nos olhos. Ela se sentou ao lado da cama e perguntou a Ivan como ele estava, mas de forma mais superficial do que ele gostaria. Em seguida, ela começou a explicar sobre o plano de ir ao teatro. Sarah Bernhardt estava na cidade, e eles tinham reservado um camarote.

Ela ressaltou que era algo que ele mesmo havia sugerido, pois seria uma experiência culturalmente enriquecedora para as crianças. Além disso, mencionou que Helena e Liza estavam animadas para ir, assim como Petrischev, o pretendente da filha, e não seria adequado deixá-los ir sozinhos. Mas confessou que preferia ficar ali com ele. Enfim, pediu, com carinho, para que ele não deixasse de seguir as ordens médicas.

— Oh, sim, Fiódor Petrischev (o pretendente de sua filha) e Liza gostariam de vir um pouco aqui. Você se importa?

— Tudo bem.

A filha entrou no quarto usando um vestido de noite, emanando vitalidade e saúde, enquanto ele enfrentava a debilitação do corpo. Ela parecia impaciente com a doença e a morte, como se essas realidades estivessem interferindo em sua própria felicidade.

Fiódor Petrovich adentrou o quarto com um traje de noite elegante, seus cabelos encaracolados *à la Capoul*, um colarinho branco realçando seu pescoço forte, e calças pretas ajustadas sobre suas coxas robustas. Uma luva branca delicadamente cobria uma de suas mãos, enquanto segurava um chapéu de ópera com a outra.

Logo atrás dele, discretamente, o menino apareceu em seu novo traje simples, usando luvas e com um leve círculo azul sob os olhos cujo significado Ivan Ilitch sabia muito bem. Para Ivan, seu filho sempre pareceu um tanto emotivo, mas agora era angustiante ver aquele olhar de compaixão no rosto assustado do menino. Além de Gerassim, Ivan Ilitch sentia que Vassy era o único que verdadeiramente o entendia e se compadecia dele.

Todos se acomodaram e a pergunta sobre seu estado de saúde foi feita novamente, seguida de um silêncio pesado. Liza então perguntou à mãe sobre o binóculo, iniciando uma discussão entre elas sobre quem o tinha e onde estava, gerando um desconforto palpável no ambiente. Fiódor Petrovich perguntou a Ivan Ilitch se já havia assistido Sarah Bernhardt; após um momento de confusão, Ivan respondeu:

— Não. E você?

— Sim, em Adrienne Lecouvreur.

Falando em Sarah Bernhardt, Praskovya Fiodorovna começou a tagarelar sobre os papéis nos quais a atriz se destacou, enquanto a filha discordava. Isso deu início a uma discussão sobre a atuação de Bernhardt, um tema recorrente e infrutífero.

No meio da conversa, Fiódor Petrovich notou o olhar furioso de Ivan Ilitch e ficou em silêncio, assim como os outros presentes. O silêncio tenso pairava, ninguém ousava falar, com medo de que a máscara social se desfizesse e a verdade se revelasse. Liza foi a primeira a quebrar o silêncio, mas ao tentar agir naturalmente, acabou denunciando a tensão presente.

— Se vamos mesmo, está na hora — disse, olhando para o relógio dado por seu pai e trocando um olhar significativo com ele. Estava indicando algum segredo entre os dois. Todos se levantaram, desejaram boa-noite e saíram.

Quando finalmente se viu sozinho, Ivan Ilitch sentiu um alívio temporário; a falsidade e o desconforto dos momentos anteriores se dissiparam com a saída dos outros. No entanto, a dor persistia implacável, assim como o terror constante que o assombrava. Cada minuto, cada hora parecia se estender de forma interminável, tornando o inevitável fim ainda mais aterrorizante.

— Sim, por favor, chame Gerassim aqui — respondeu Ivan Ilitch quando Piotr perguntou.

Capítulo 9

A sua esposa voltou bem tarde para casa; já era noite. Ela entrou sem fazer barulho, mas ele notou sua presença, abriu os olhos por um momento e depois os fechou novamente. Ela desejava dispensar Gerassim e permanecer ao lado dele, mas ele abriu os olhos e pediu:

— Não. Vá embora.

— Você está com muita dor?

— Apenas como de costume.

— Pegue ópio.

Ele concordou e ingeriu uma dose. Ela saiu.

Até por volta das três da manhã, ele permaneceu em um estado de catatonia, sofrendo em um lamento inconsciente. Sentia-se como se ele e sua dor estivessem sendo empurrados para dentro de um buraco escuro, estreito e profundo, mas, por mais que tentassem, não conseguiam chegar ao fundo. Essa sensação agonizante era acompanhada por um profundo desespero. Ele estava tomado pelo medo e, ao mesmo tempo, ansiava por se entregar à escuridão do buraco. Lutava, mas aceitava o seu destino. Então, de repente, fugia do buraco, recuperando a consciência. Gerassim permanecia ao seu lado, sentado nos pés da cama, cochilando calmamente e pacientemente, enquanto suas pernas inúteis repousavam nos ombros do rapaz. Observou a vela ainda queimando, sua chama vacilante, e sentiu a dor implacável persistindo.

— Gerassim, vá descansar — murmurou.

— Não tenha pressa senhor, ainda vou ficar aqui por mais um tempo.

— Não mesmo. Você já pode ir.

Ele retirou suas pernas dos ombros de Gerassim com cuidado, virou-se de lado na cama e começou a sentir um aperto no coração. Aguardou até que Gerassim se retirasse para o outro quarto, tentou se segurar por um momento e, então, se entregou ao choro como se fosse uma criança. As lágrimas escorriam por sua face, expressando a solidão que o sufocava, a sensação de estar abandonado, a crueldade que via ao seu redor e as perguntas sem resposta sobre o propósito da vida e a existência de Deus.

"Por que tudo isso está acontecendo comigo? Por que fui levado a este ponto? Por quê? Por que devo suportar tanto sofrimento? Continue! Me machuque mais! Mas por quê? O que fiz para merecer isso?" Não esperava uma resposta, mas ainda assim implorava por algum sentido, por uma razão que justificasse tanta dor. A angústia aumentava, mas ele permanecia imóvel, resistindo ao impulso de chamar por ajuda, apenas murmurando entre soluços.

Até que, de repente, parou de chorar, prendeu a respiração e ficou alerta: parecia ouvir não uma voz externa, mas sim a voz de sua própria alma sussurrando os pensamentos mais profundos.

"O que você realmente deseja?", foi a pergunta que surgiu em sua mente, clara como um eco. "O que você quer? O que você quer?", repetia a voz interior. "Eu quero... Eu quero parar de sofrer. Quero encontrar um motivo para viver", respondeu ele, quase num sussurro.

E então ele se concentrou intensamente, mesmo com a dor ainda presente.

"Viver. Mas como? De que maneira você deseja viver? Quero viver uma vida plena, com alegria e significado, como costumava ser." "Você realmente vivia plenamente e com prazer antes?", provocou a voz, incitando-o a refletir sobre suas próprias palavras.

Ele passou a relembrar mentalmente os melhores momentos de sua vida agradável. No entanto, de forma estranha, nenhum desses momentos parecia tão encantador como antes — exceto pelas primeiras lembranças da infância. Na infância, havia algo autenticamente agradável, algo que valeria a pena reviver, se fosse possível recuperá-lo. Mas a pessoa que havia experimentado essa felicidade já não existia; era como se fosse a memória de outra pessoa.

À medida que a vida de Ivan Ilitch progredia, tudo o que antes parecia trazer alegria começou a desaparecer diante de seus olhos e se transformou em algo banal e, por vezes, até repulsivo. Conforme se afastava da infância e se aproximava do presente, as alegrias se tornavam cada vez mais sem sentido e questionáveis. Esse declínio começou durante seus dias enquanto estudante de Direito. Naquela época, ainda havia uma centelha de alegria, amizade e esperança. No entanto, à medida que o curso se aproximava do fim, esses momentos positivos se tornaram escassos. Mais tarde, nos primeiros anos de sua carreira oficial, trabalhando para o governador, também houve momentos felizes, como a lembrança de um amor por uma mulher. No entanto, à medida que o tempo passava, tudo se tornava cada vez mais confuso e as lembranças positivas rareavam. Quanto mais ele avançava na vida, mais tudo parecia piorar.

Seu casamento... tão barato quanto a decepção que viria. E o bafo ruim de sua esposa e os momentos de sensualidade e a falsidade! E aquele viver detestável oficial e a constante apreensão com dinheiro. Ao longo de um ano, dois, dez, vinte, sempre a mesma rotina. E quanto mais o tempo passava, mais tudo se tornava intolerável. Era como se estivesse caindo de uma montanha, pensando estar subindo. "E para os outros, parecia que sempre estava ascendendo, enquanto minha vida escorregava constantemente sob meus pés. Agora, tudo chegou ao fim, e é hora de enfrentar a morte. Mas por que tudo isso? Por que a vida precisa ser tão desagradável e sem sentido? Se é verdadeiramente assim, por que devo enfrentar a morte nessa agonia? Algo está definitivamente errado".

"Será que não vivi como deveria?"

"Mas como seria possível, se sempre fiz o que era certo?" Ele respondia rapidamente, rejeitando essa ideia; encontrar uma solução para o enigma da vida e da morte parecia uma tarefa impossível.

"Então, o que você deseja agora? Viver? Como viver? Lembre dos dias no Tribunal, quando o oficial anunciava: 'O júri vai se reunir. O júri vai se reunir!... O júri vai se reunir, o júri vai se reunir!'", isso ecoava em sua mente.

"Eis a minha sentença. Mas eu não sou o culpado!", exclamava com raiva.

"Por que toda essa agonia?" Parou de se lamentar em voz alta e, virando-se para a parede, mergulhou novamente na mesma questão: "Por quê? Qual é a razão por trás de todo esse horror?"

Todavia, por mais que se perguntasse, não conseguia encontrar a resposta. E quando cogitava que talvez tudo estivesse ligado ao fato de não ter vivido da maneira correta, rapidamente se recordava da ordem e retidão com que havia conduzido sua vida e rejeitava tal ideia absurda.

Capítulo 10

Passaram-se outras duas semanas. Ivan Ilitch agora permanecia no sofá; não se deitava mais na cama, apenas no sofá. Com os olhos fixos na parede na maior parte do tempo, ele sofria todas as inexplicáveis agonias e questionava incessantemente. "O que é isso? É possível que seja a morte?"

A voz interior ecoava: "Sim, é possível".

"Mas qual é a razão de toda essa agonia?"

A resposta era simples: "Sem motivo. É como é e pronto". Não havia mais nada para além disso.

Desde que começara a adoecer e fora ao médico pela primeira vez, a vida de Ivan Ilitch se dividira em dois estados de espírito opostos que se alternavam: desespero e expectativa de uma morte terrível e incompreensível, seguidos pela esperança e observação atenta do funcionamento de seus órgãos. Às vezes, ele se sentia diante de um rim ou intestino que não funcionavam corretamente; em outros momentos, era a morte que se apresentava assustadora diante de si, sem compreensão, implacável, sem saída.

Esses estados de espírito oscilavam desde o início de sua doença, mas à medida que ela avançava, a ideia confusa e fantástica sobre o rim se tornava mais duvidosa, enquanto a sensação de um fim iminente se tornava mais real. Bastava a Ivan Ilitch se lembrar de como era há três meses para perceber o declínio progressivo e descartar qualquer esperança.

Agora, na solidão do sofá, com o rosto voltado para trás, no meio da populosa cidade e cercado por conhecidos, ele vivia apenas de memórias do passado. As lembranças surgiam uma após a outra, começando pelos eventos mais recentes e retrocedendo até a infância, onde permaneciam. Se pensasse nas ameixas secas do jantar, logo era transportado para as ameixas frescas francesas de sua infância, com todo o sabor peculiar, a água na boca ao pegá-las, e uma série de outras memórias daquela época. Mas a dor dessas memórias o fazia recuar para o presente, focando nos detalhes do sofá, tentando afastar o passado doloroso.

Enquanto essa sequência de lembranças acontecia, outra surgia em sua mente: a progressão de sua doença e seu agravamento. Quanto mais olhava para trás, mais vida encontrava, mais vitalidade havia nele. No entanto, essa vitalidade retrocedia. "Assim como a dor aumenta progressivamente, minha vida inteira foi se deteriorando gradualmente. Há uma luz lá longe, no início da vida, mas tudo se tornou mais sombrio à medida que me aproximo da morte. Estou caindo...", pensou Ivan Ilitch. A imagem de uma pedra caindo rapidamente invadiu sua mente. A vida, uma série de sofrimentos cada vez maiores, acelerando em direção ao fim: o sofrimento mais terrível. Estremeceu e tentou resistir, mas sabia que era inútil.

Com os olhos cansados, incapaz de desviar o olhar do que estava à sua frente, olhou para as costas do sofá e esperou. Esperou pelo terrível declínio, pela queda inevitável, pela destruição iminente. Murmurou consigo mesmo: "Não adianta resistir. Se ao menos eu pudesse entender por que tudo isso acontece, mas é impossível. Não foi por não viver como deveria, pois segui as leis, fui correto, tive uma vida respeitável", ponderou, com um sorriso irônico no rosto, como se alguém pudesse entender o que aquele sorriso significava. "Não há razão! Angústia, morte... Por quê?"

Capítulo 11

Mais duas semanas se passaram dessa forma, e durante esse período aconteceu algo que Ivan Ilitch e sua esposa tanto desejavam: Petrischev pediu a mão de Liza em casamento. Na manhã seguinte, Praskovya Fiodorovna entrou no quarto do marido pensando na melhor forma de dar-lhe a notícia, mas naquela noite o estado de Ivan Ilitch tinha piorado consideravelmente. Praskovya Fiodorovna o encontrou no sofá, deitado de costas, gemendo e olhando fixamente para o vazio à sua frente.

Ao começar a falar sobre seus remédios, Praskovya Fiodorovna recebeu um olhar cheio de rancor que a fez parar.

— Pelo amor de Deus, deixe-me morrer em paz!

Ela estava prestes a sair, mas naquele momento a filha entrou para dar bom dia. Ivan Ilitch olhou para ela da mesma forma que olhava para a esposa e, ao responder friamente sobre sua saúde, deixou claro que em breve elas se veriam livres dele. As duas permaneceram em silêncio por um momento antes de sair.

— Por que ele nos culpa? — perguntou Liza à mãe. — Parece que ele nos responsabiliza. Sinto muito por ele, mas por que ele nos atormenta tanto?

O médico chegou pontualmente, como de costume. Ivan Ilitch respondia às perguntas com sim e não, mantendo seu olhar furioso fixo nele, e no final exclamou:

— Você sabe que não pode fazer nada por mim, então me deixe em paz!

— Posso, ao menos diminuir a sua dor.

— Não, nem isso você pode.

Após o médico deixar a sala, ele informou à esposa que o caso era grave e que a única solução restante era o ópio para aliviar os terríveis sofrimentos de Ivan Ilitch, que eram tanto físicos quanto mentais. Sem dúvida, a dor física era intensa, conforme diagnosticado pelo médico, mas seus tormentos mentais eram ainda mais devastadores.

Naquela noite silenciosa, ao observar o semblante tranquilo de Gerassim enquanto dormia, um pensamento perturbador invadiu sua mente: "E se tudo o que vivi até agora estiver errado?"

Pela primeira vez, a ideia absurda, que ele antes passou tempo rejeitando, começava a parecer plausível: talvez sua vida inteira estivesse equivocada. Ele começou a questionar se seus impulsos em desafiar os valores da alta sociedade, suas pequenas rebeliões que ele tentara sufocar, não seriam a única verdade em sua existência, enquanto tudo o mais — suas obrigações profissionais, sua vida social, até mesmo sua família — poderia ser apenas uma ilusão. Tentou justificar suas escolhas, mas a fragilidade de seus argumentos ficou evidente diante da crise de identidade que o assolava. "Se for verdade, e se estiver partindo desta vida ciente de que perdi tudo e não há remédio para isso, então qual é o sentido de tudo?" Ficou deitado, repassando cada momento de sua vida, desde a manhã em que viu o criado até o médico, percebendo a falsidade de tudo aquilo que ele havia considerado sua vida. Até se sentiu sufocado pelas roupas, como se elas representassem a falsidade que o cercava, e as jogou para longe com ódio. Deram a ele uma dose considerável de ópio, e Ivan Ilitch afundou na inconsciência. Contudo, na hora do jantar, tudo recomeçou. Ivan Ilitch dispensou todos e se debatia agitado.

Sua esposa se aproximou e disse:

— Jean, querido, por favor, faça isso por mim! Muitas vezes ajuda e não fará mal. Até quem está geralmente saudável...

Ele abre os olhos.

— O quê? Confissão? Para quê? Não quero. Só que...

Ela começou a chorar.

— Por favor, Jean. Vou pedir que o padre venha até aqui. Ele é mesmo um homem bom...

— Está bem — ele concordou.

Quando o padre chegou e ouviu sua confissão, Ivan Ilitch sentiu-se mais calmo. Um breve alívio para suas dúvidas e, consequentemente, para suas dores surgiu, trazendo um vislumbre de esperança. Novamente pensou na possibilidade de cura para o seu apêndice. Chorando consigo mesmo, recebeu o seu sacramento.

Quando foi deitado novamente, acabou se sentindo um pouco melhor e a esperança de viver se reacendeu. Considerou a operação que lhe fora sugerida como uma possibilidade.

— Eu quero...viver! — murmurou para si mesmo. Sua esposa entrou e o cumprimentou como de costume, perguntando se ele estava melhor.

— Você está melhor, não está?

— Sim — respondeu sem olhá-la.

Mas tudo nela, seu vestido, sua postura, sua expressão, parecia dizer: "Engano! Tudo pelo que você viveu e ainda vive é uma ilusão, uma vida e morte falsas!"

Ao reconhecer isso, a raiva retornou, seguida pelo sofrimento físico e pela consciência inevitável de seu fim. Uma nova onda de dor crescente e uma sensação de sufocamento surgiram.

Sua expressão ao responder que estava melhor foi terrível. Logo em seguida, ele a olhou nos olhos e se virou rapidamente para o seu estado de fraqueza e gritou:

— Saia logo. Me deixe sozinho agora!

Capítulo 12

Desde que começou a gritar, os sons angustiados de Ivan Ilitch ecoaram por mais três dias; podiam ser ouvidos a dois quartos de distância, mesmo com a porta fechada, de tão intensos. Respondeu sua esposa entendendo que estava preso em uma situação sem volta, que o fim havia chegado, sem solução, mesmo as dúvidas ainda estando em seu lugar.

— Oh, Oh, Oh. — começou a gritar em diferentes entonações.

Começando com "Não vou", ele repetia a vogal "O" por horas continuamente. Durante todo esse tempo, três dias inteiros, perdido naquele buraco negro de dor e agonia, ele lutou como um condenado à morte nas mãos do carrasco, mesmo sabendo que não havia salvação. A cada momento, ele se sentia empurrado mais perto do que temia, uma sensação de sufocamento cada vez mais forte.

Percebeu que sua agonia não era apenas por estar sendo arrastado para aquele buraco negro, mas também por não conseguir se entregar totalmente a ele como deveria. Sua insistência em afirmar que sua vida fora boa o prendia, intensificando seu sofrimento.

Repentinamente, sentiu um impacto no peito e no lado, tornando ainda mais difícil sua respiração. Nesse momento, mergulhou de vez no buraco negro e encontrou uma luz. Era como quando, na estrada, pensava estar avançando, mas percebia estar indo na direção errada. "Não. Tudo estava errado", murmurou consigo mesmo. "Mas, agora, podia fazer o certo. Mas o que é o certo?", perguntou-se, sem resposta.

Foi no final do terceiro dia, uma hora antes de sua morte, que seu filho entrou no quarto e se aproximou da cama do pai. Ivan Ilitch ainda gritava e se debatia desesperadamente. Sua mão caiu sobre a cabeça do garoto, que no mesmo instante a segurou e beijou, começando a chorar.

Nesse instante, Ivan Ilitch mergulhou completamente no buraco e percebeu que sua vida não fora o que deveria ter sido, mas ainda havia esperança de corrigir isso. Perguntou-se: "O que é isso?" e ficou em silêncio, ouvindo. Então, sentiu que alguém estava beijando sua mão. Ele abriu os olhos e olhou para o filho. Sentiu pena dele. Sua esposa se aproximou. Ele olhou para ela. Ela olhou para ele com a boca aberta e enxugou as lágrimas no nariz e na bochecha. Ele sentiu pena dela.

"Sim, estou torturando-os", pensou ele. "Eles lamentam, mas estarão melhor quando eu morrer." Queria dizer isso a eles, mas não conseguiu. "No entanto, por que falar? Devemos fazê-lo", pensou. Apontou o filho para a esposa e disse:

— Leve-o embora... sinto pena dele... e de você... — Ele queria dizer "perdão", mas disse "vão" e, não conseguindo mais se corrigir, acenou com a mão, sabendo que quem precisasse, entenderia.

E de repente ficou claro para ele que tudo aquilo que o atormentava e não o deixava, agora tudo saía ao mesmo tempo, de dois lados, de dez lados, de todos os lados. "Sinto muito por eles, precisamos garantir que não se machuquem. Entregue-os e livre-se você mesmo desse sofrimento. Que bom e que simples", pensou ele. "E a dor?", perguntou-se. "Onde ela está indo? Vamos, onde você está, dor?"

Ele começou a ouvir.

"Sim, aqui está ela. Bem, deixe a dor passar".

"E a morte? Onde ela está?"

Ele procurou seu antigo medo habitual da morte e não o encontrou. Onde ela está? Que tipo de morte? Não houve medo, porque não houve morte.

Em vez da morte havia luz.

— Então é isso! — ele disse de repente, em voz alta. — Que alegria!

Para ele, tudo isso aconteceu num instante, e o significado desse momento não mudou. Para os presentes, sua agonia continuou por mais duas horas. Algo borbulhava em seu peito; seu corpo exausto tremia. Depois, o borbulhar e o chiado no peito tornaram-se cada vez menos frequentes.

— Acabou! — alguém disse acima dele.

Ele ouviu essas palavras e as repetiu em sua alma. "A morte acabou", disse ele a si mesmo. "Ela se foi".

Inspirou fundo, parou no meio da respiração, estirou-se e morreu.

SIGA NAS REDES SOCIAIS:
- @EDITORAEXCELSIOR
- @EDITORAEXCELSIOR
- @EDEXCELSIOR
- @EDITORAEXCELSIOR

EDITORAEXCELSIOR.COM.BR